그린 밸리

피닉스
2008.5.25 착륙

바이킹 1호
1976. 7. 20 착륙

사이도니아

올림푸스 산

크리세 평원

아스크라에우스 산

마스 패스파인더
1997. 7. 4 착륙

아레스 계곡

파보니스 산

아르시아 산

타르시스 고원

마리네리스 계곡

메리디아니 평원

다이달라 평원

오퍼튜니티
2004. 1. 25 착륙

로웰 화구

지구의 이웃! 화성

〈마스 글로벌 서베이어〉가 화성 궤도에서 관측한 결과를 토대로 만들어진 지도이다.
지도의 푸른색 부분이 표고가 가장 낮고 초록색, 노란색, 붉은색, 하얀색 순으로 높아진다.

km
-8   -4   0   4   8   12

바이킹 2호
1976. 9. 3 착륙

헤카테스 톨루스

유토피아 평원

엘리시움 산

알보르 톨루스

구세푸 평원

스피릿
2004. 1. 4 착륙

헬라스 분지

	태양으로부터 거리	지름	중력	기압	온도	하루 / 일 년 길이	위성(달)
지구	1억 4,700만 ~ 1억 1,200만km	12,756km	1g	1,013 헥토파스칼	영하 89℃ ~ 영상 59℃	24시간 / 365일	1개
화성	2억 700만 ~ 1억 1,400만km	6,786km	0.38g	5 ~ 6 헥토파스칼	영하 130℃ ~ 영상 20℃	24시간 37분 / 687일	2개

화성 탐사선의 역사

발사일	국가	우주선 이름	종류	결과
1960. 10. 10	소련	마스 1960A	궤도선	실패
1960. 10. 14	소련	마스 1960B	궤도선	실패
1962. 10. 24	소련	마스 1962A	궤도선	실패
1962. 11. 1	소련	마스 1호	궤도선	화성에 19만 5천Km까지 접근 후 교신 끊김.
1962. 11. 4	소련	마스 1962B	착륙선	실패
1964. 11. 5	미국	마리너 3호	궤도선	실패
1964. 11. 28	미국	마리너 4호	궤도선	최초로 1만Km까지 접근 후 사진 21장 전송
1964. 11. 30	소련	존드 2호	궤도선	실패
1969. 2. 24	미국	마리너 6호	궤도선	3천400Km까지 접근 후 사진 76장 전송
1969. 3. 27	미국	마리너 7호	궤도선	3천500Km까지 접근 후 사진 126장 전송
1971. 5. 8	미국	마리너 8호	궤도선	실패
1971. 5. 10	소련	코스모스 419	궤도선	실패
1971. 5. 19	소련	마스 2호	궤도선/착륙선	모래폭풍 때문에 착륙 실패
1971. 5. 28	소련	마스 3호	궤도선/착륙선	착륙 때 20초간 빈 화면 전송 후 교신 끊김
1971. 5. 30	미국	마리너 9호	궤도선	최초로 화성 궤도를 도는 데 성공
1973. 7. 21	소련	마스 4호	궤도선	엔진 이상으로 화성을 그냥 지나쳐 버림
1973. 7. 25	소련	마스 5호	궤도선	1974. 2. 12. 화성 궤도에 진입 성공
1973. 8. 9	소련	마스 6호	궤도선/착륙선	실패
1973. 8. 9	소련	마스 7호	궤도선/착륙선	실패
1975. 8. 20	미국	바이킹 1호	궤도선/착륙선	1976. 7. 20. 최초로 화성에 착륙(크리세 평원)
1975. 9. 9	미국	바이킹 2호	궤도선/착륙선	1976. 9. 3. 유토피아 평원에 착륙
1988. 7. 7	소련	포보스 1호	궤도선/착륙선	53일 후 실종
1988. 7. 12	소련	포보스 2호	궤도선/착륙선	몇 장의 사진 전송. 포보스 촬영 도중 파괴됨
1992. 9. 25	미국	마스 옵저버	궤도선	나사 관제팀의 실수로 교신 끊김
1996. 11. 7	미국	마스 글로벌 서베이어	궤도선	2006년까지 고화질 사진들 전송
1996. 11. 16	러시아	마스 96	궤도선/착륙선 2대	실패(칠레 앞바다에 추락)
1996. 12. 4	미국	마스 패스파인더	궤도선/착륙선	1997. 7. 4. 아레스 계곡 착륙 후 탐사 로봇 '소저너' 내보냄
1998. 7. 3	일본	노조미(플래닛B)	궤도선	화성 궤도 진입 실패
1998. 12. 11	미국	마스 클라이미트 오비터	궤도선	미터법 착오로 인해 저궤도에서 폭발
1999. 1. 3	미국	마스 폴라 랜더	착륙선	화성 북극에 추락
2001. 4. 7	미국	마스 오디세이	궤도선	활동 중
2003. 6. 2	유럽우주국	마스 익스프레스	궤도선/착륙선	궤도선 활동 중. 착륙선 〈비글 2호〉는 실패
2003. 6. 11	미국	스피릿	착륙선(탐사 로봇)	2004. 1. 4. 구세프 평원에 착륙. 활동 중
2003. 7. 8	미국	오퍼튜니티	착륙선(탐사 로봇)	2004. 1. 25. 메리디아니 평원에 착륙. 활동 중
2005. 8. 12	미국	마스 리커니슨스 오비터	궤도선	활동 중
2007. 8. 4	미국	피닉스	착륙선(탐사 로봇)	2008. 5. 25. 화성 북극에 착륙. 5개월간 활동
2011(예정)	미국	마스 사이언스 래버러토리	착륙선(탐사 로봇)	

사진으로 보는
화성
MARS

화성은 어떤 별일까

화성은 표면의 산화철 성분 때문에 붉은빛을 띠지만 가끔씩 모래폭풍이 행성 전체를 뒤덮는다. 지구처럼 사계절이 있으며, 이산화탄소가 얼어붙어 있는 북극과 남극의 얼음 극관도 계절에 따라 크기가 달라진다. 포보스와 데이모스라는 두 개의 작고 울퉁불퉁한 위성(달)이 제각기 다른 속도로 주위를 돌고 있다.

❶ 평소의 화성 ❷ 북극관 ❸ 남극관 ❹ 모래폭풍에 휩싸인 화성의 모습 ❺ 포보스 ❻ 데이모스

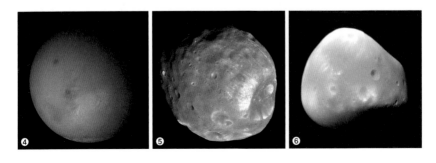

화성의 신비

화성에는 에베레스트 산보다 3배나 높은 올림푸스 화산(2만 7천 미터), 그랜드캐니언보다 10배나 더 긴 마리네리스 계곡(4천500킬로미터)이 있다. 1996년엔 화성 운석 〈ALH84001〉에서 수십억 년 전의 미생물 화석이 발견되었다. 사이도니아 지역의 '얼굴바위'와 'D&M 피라미드'는 화성 고대 문명의 존재를 둘러싼 뜨거운 관심과 논쟁을 불러일으켰다.

❶ 마리네리스 계곡 ❷❼ 올림푸스 화산 분화구
❸ 사이도니아 인면암(얼굴바위) ❹ D&M 피라미드
❺ 운석에서 발견된 미생물 화석 ❻ 운석 〈ALH84001〉

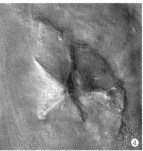

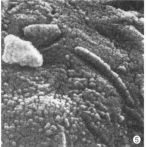

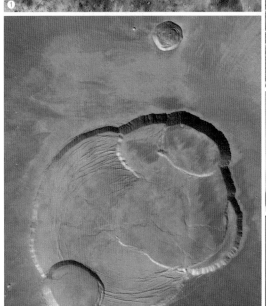

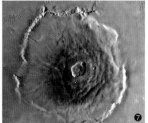

화성 탐사 우주선들

1960년 〈마스 1960A〉에서 2008년 〈피닉스〉까지 우주선
들의 화성 탐사는 총 36회 시도되어 15번 성공했다. 〈마리
너 4호〉의 첫 접근 및 촬영(1965), 〈마리너 9호〉의 첫 궤도
비행(1972), 〈바이킹 1, 2호〉의 첫 착륙(1976)을 거쳐 1990년
대 말부터는 탐사 로봇들이 화성을 누비기 시작했다.

(탐사 로봇 사진은 2권에)

❶ 〈마스 글로벌 서베이어〉 미국, 1996　❷ 〈마리너 4호〉 미국, 1964

❸ 〈포보스 1호〉 소련, 1988　　　　　 ❹ 〈마스 폴라 랜더〉 미국, 1999

❺ 〈바이킹 1호〉 미국, 1975　　　　　 ❻ 〈마스 패스파인더〉 미국, 1996

❼ 〈마리너 9호〉 미국, 1971

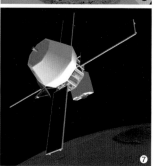

노빈손 미스터리 별* 화성
구출 대작전 1

노빈손 미스터리 별 화성 구출 대작전 1

초판 1쇄 펴냄 2009년 7월 30일
초판 6쇄 펴냄 2013년 1월 2일

지은이 박경수
일러스트 이우일
펴낸이 고영은 박미숙

상무 김완중 ㅣ 편집이사 인영아 ㅣ 책임편집 이경화
뜨인돌기획팀 박경수 이준희 김현정 김영은 홍신혜
뜨인돌어린이기획팀 이경화 이슬아 여은영 ㅣ 디자인실 김세라 오경화
마케팅팀 이학수 오상욱 진영수 김은숙 ㅣ 총무팀 김용만 고은정

펴낸곳 뜨인돌출판(주) ㅣ 출판등록 1994.10.11(제2011-000185호)
주소 121-896 서울시 마포구 서교동 473-44
홈페이지 www.ddstone.com ㅣ 노빈손 홈페이지 www.nobinson.com
블로그 blog.naver.com/ddstone1994
대표전화 02-337-5252 ㅣ 팩스 02-337-5868

ISBN 978-89-5807-264-5 03810
(CIP제어번호 : CIP2010002843)

신나는 노빈손 사이언스 판타지 시리즈 01

노빈손 미스터리 별*화성 구출 대작전 1

박경수 지음 **이우일** 일러스트

뜨인돌

오래전 그 책처럼

1

어렸을 때 읽었던 책들 중에 『화성의 존 카아트』라는 소설이 있었다. 수십 권짜리 어린이 SF 시리즈 중 하나였던 그 책을 나는 꽤나 좋아했던 것 같다.

그 책의 진짜 제목이 『화성의 공주』라는 것, 그리고 그걸 쓴 에드거 R. 버로스가 미국에서 손꼽히는 SF 작가라는 것을 알게 된 건 그로부터 거의 30년이 지나서였다.

하지만 그런 건 별로 중요하지 않다. 내가 사랑했던 건 작가의 명성이나 제목이 아니라 책 속에 담긴 멋진 모험담이었으니까.

이름이나 생김새는 다르지만 이 책에도 화성의 공주가 나온다. 그리고 버로스의 책 얘기도 나온다. 거기엔 그 옛날 나를 설레게 했던 한 작가와 작품에 대한 나름의 경의가 담겨 있다.

2

이 책은 물론 지어낸 이야기다. 하지만 화성 사이도니아 지역을 둘러싼 논란, 운석 연구 결과, 탐사 우주선들의 실종에 얽힌 의문 등은 모두 실제로 있었던 일들이다.

인류는 아직 화성에 대해 아는 게 너무 적다. 화성이 거북이라면 우리가 보아 온 건 단지 등껍질뿐이었는지도 모른다. 딱딱한 등껍질 속에 웅크리고 있을 그 무엇, 우주 공간 속에 숨어 있을 지구와 화성의 까마득한 옛 이야기들을 상상 속에서나마 재미있게 그려 보고 싶었다.

지구인과 화성인의 우주 전쟁 얘긴 쓰고 싶지 않았다. 그런 얘기들은 이미 곳곳에 차고 넘친다. 게다가 난 '외계인=침략자'라는 지구의 상식에도 별로 동의하지 않는다.

영화 속 지구 방위대의 활약에 환호하기 전에, 같은 지구인들끼리라도 좀 평화롭게 지냈으면 좋겠다.

3

내가 30년 전의 책을 기억하듯, 이 책 또한 독자들의 기억에 오래 남길 소망한다.

2009년 여름 박경수

등장인물

노빈손

훌러덩 벗어진 머리와 주름감자를 닮은 외모 덕에 어느 별에서 왔냐는 소리를 늘 듣던 노빈손! 그런 그가 어느 별에서 왔는지 심히 의심스러운 붉은 피부의 소녀와 초록 피부의 거인과 맞닥뜨린다. 그때부터 시작된 미스터리 별 화성의 수수께끼! 노빈손은 낑낑 대며 풀기 시작한다!

스라모트

은별의 남자친구이자 우주 비행사. 건장한 체구와 수려한 외모로 말숙의 마음을 단번에 사로잡는다. 인디언의 후손답게 개코 같은 후각과 놀라운 관찰력으로 은별을 도와 실종된 고민중 박사를 찾아 나선다. 고민중 박사를 찾고 우연히 하르모니아를 만나면서 화성 미스터리에 휘말리게 된다.

은별

고민중 박사의 딸. 고고학자. 의문의 고대 문자를 해독하다가 실종된 아빠를 찾기 위해 남자친구 스라모트와 함께 한국에 온다. 총명한 두뇌와 따뜻한 마음, 깊은 효심, 게다가 훌륭한 남자친구까지 둬 말숙의 질투를 산다.

하르모니아

키가 작아 얼핏 대여섯 살 정도밖에 안 된 어린 소녀로 보이지만 사실은 나이가 무려 1만 8,019세나 되는 엄청 나이 든 여인. 선탠이 아닌 붉고 투명한 자연산 피부를 가졌으며, 입 뻥긋 안 하고 뇌파로 이야기하는 신기한 재주가 있다.

허튼 박사

나사의 화성 연구 팀장으로 허튼 소리를 세상에서 제일 싫어한다. 그러나 정작 혼자 있을 때면 화성인과의 우주 전쟁을 꿈꾸며 허튼 소리를 마구 지껄인다. 화성 탐사선 발사 때 의문의 사건을 일으켜 고민중 박사를 깊은 고민에 빠지게 한다.

고민중 박사

은별의 아빠이자 나사의 화성 연구팀 연구원. 호기심이 발동하면 고민에 고민을 거듭하며 그 해답을 찾으려 한다. 우연히 로웰이 남긴 의문의 메모를 발견한 뒤로 실종됐다가 미치광이가 된 채 발견된다.

정찰대장

슈렉 버금가는 초록 피부와 거대한 체구, 거기에 느리고 이상한 걸음걸이까지, 온통 의문투성이의 사나이. 하르모니아의 뒤를 쫓으며 시시때때로 생명을 위협한다.

말숙

노빈손의 여자친구로 '미녀는 괴롭다'는 말에 절대 공감하며 본인의 외모에 늘 감동한다. 불끈불끈 화를 잘 내지만 노빈손을 위해 거짓으로 우주 괴수 마르슉 연기를 하며 내조한다.

힐레옹

레옹 형제

나사의 공식 미화 요원으로 흑백 쌍둥이 형제. 힐레옹은 절대 인정 안 하지만 까말레옹은 5분 일찍 태어났다며 화가 나면 형 행세를 한다. 허튼 박사의 지령을 받고 은별과 스라모트를 미행한다.

까말레옹

차례

3

프롤로그

1

휘이이—.

차가운 겨울바람이 산비탈을 훑고 지나갔다.

하지만 곡괭이를 든 남자는 하던 일을 멈추지 않았다. 가끔 허리를 펴고 곱은 손을 입김으로 녹일 뿐이었다. 지난 석 달 동안 파헤친 흙덩이들이 바위 주변에서 작은 동산을 이루고 있었다.

"벌써 2월이로군. 이제 6개월밖에 남지 않았어."

초조한 듯 중얼거리는 남자의 머리 위로 노을이 짙게 깔리기 시작했다.

그날 밤, 남자는 별이 총총하게 뜬 다음에야 비로소 산에서 내려왔다. 달빛에 드러난 야윈 어깨가 왠지 쓸쓸하고 힘겨워 보였다.

'지금이라도 그만둬 버릴까? 우주 전체가 내 어깨를 짓누르는 느낌이야.'

남자는 문득 고개를 들어 밤하늘을 한참 동안 말없이 바라보았다.

2

"응답이 없어! 단 한 곳에서도……."

안타까움이 깃든 혼잣말이었다. 창밖으로 은하수가 내다보이는 둥근 공간에서 작은 소녀가 복잡한 계기판을 들여다보고 있었다.

계기판 중앙의 스크린에는 아름다운 초록별이 떠올라 있었다. 그리고 그 위 곳곳에서 네 개의 빨간 불빛이 깜박거리고 있었다.

'분명히 다섯 개였는데 하나는 어디로 간 거지? 나머지 네 개도 위치만 확인될 뿐 전혀 응답하는 낌새가 없어.'

또르륵!

눈물 한 방울이 소리 없이 떨어졌다. 하지만 소녀는 이내 고개를 저으며 손으로 눈물을 훔쳤다. 아주 작고 발그레한 손이었다.

'이제 와서 포기할 순 없어. 그동안 버텨 온 까마득한 시간을 생각해서라도……. 어떻게든 찾아내고 말 거야. 우리의 형제들을, 단 한 명이라도!'

소녀의 손이 계기판 위를 가볍게 스쳤다. 우우우우웅―. 낮은 진동음이 들리는가 싶더니 이내 창밖으로 수많은 빛줄기들이 빠르게 스쳐 갔다.

알 수 없는 공간 속을 유성처럼 가로지르는 정체 모를 소녀. 잠시 후, 소녀는 기도하듯 손을 모으고 몸을 빙글 돌렸다. 그러고는 저만치 뒤쪽, 멀어져 가는 어둠 속을 가만히 내다보았다.

3

파파팟─.

산꼭대기에 번개가 내리꽂히는 것과 동시에 노인이 눈을 번쩍 떴다. 칠흑 같던 오두막이 대낮처럼 환해졌다가 다시 어둠에 잠겼다. 뒤이어 무시무시한 우레가 산맥 전체를 세차게 뒤흔들었다.

촛불 하나 없는 캄캄한 방에서 노인은 한 곳을 뚫어져라 쳐다보았다. 불빛이 있다한들 아무것도 볼 수 없는 눈먼 노인! 하지만 지금 그의 눈빛은 우주를 꿰뚫어 보는 것처럼 빛나고 있었다.

"오고 있다……."

노인의 입에서 낮은 목소리가 새어 나왔다.

"포보스와 데이모스! 그들이 오고 있어!"

잠시 몸을 부르르 떠는가 싶었지만, 노인의 표정은 이내 담담하게 가라앉았다.

"긴 세월이었다. 그들에게도 나에게도. 그렇지, 울라?"

노인이 손을 가만히 옆으로 뻗었다. 털이 탐스러운 개 한 마리가 킁킁거리며 노인의 손을 핥았다. 그는 빙그레 웃으며 녀석을 어루만진 다음 천천히 일어나 밖으로 나갔다. 구름 사이로 달빛 몇 줄기가 새어 나와 애팔래치아 산맥의 육중한 산줄기를 희미하게 비추었다.

"이제 거의 끝나 가는군. 아니지, 끝이 아니라 시작이라고 해야 할까?"

목에 걸고 있는 붉은 돌을 쓰다듬으며 노인은 가만히 고개를 들었다. 그러고는 보이지 않는 눈으로 오랫동안 밤하늘을 더듬었다. 만년설로 뒤덮인 하얀 산마루에서, 노인은 밤새 눈사람처럼 우두커니 서 있었다.

4

"우아! 거인이다, 거인!"

이집트 북쪽의 어느 바닷가 마을. 모래밭에서 깡충거리던 사내아이가 휘둥그레진 눈으로 누군가를 쳐다보았다. 깃을 세운 헐렁한 외투를 입고 중절모를 눌러쓴 채 느릿느릿 걷는 그 사람의 키는 2미터가 훨씬 넘어 보였다. 아이와 함께 저녁 산책을 나왔던 엄마와 아빠도 자기들 곁을 스쳐 간 거인을 놀란 얼굴로 돌아보았다.

"여보, 당신도 느꼈어?"

"뭘요?"

"저 사람이 내 옆을 스쳐 갈 때 왠지 으스스한 느낌이 들었어. 뭐랄까, 마치 커다란 얼음덩어리 옆을 지나가는 것 같은⋯⋯."

"그랬어요? 난 잘 모르겠던데."

"거참, 희한하네. 이것 봐. 팔에 소름까지 돋았잖아."

아이 아빠가 스웨터 소매를 걷자 닭살처럼 우툴두툴한 팔뚝이 드러났다. 그때 저 앞에서 웬 아주머니 한 명이 하얗게 질린 얼굴로 두

리번거리며 뛰어오는 게 보였다.

"하예스! 어딨니? 흑흑, 하예스!"

눈물 바람으로 부르짖는 아주머니를 보며 아이 엄마가 가엾다는 듯 혀를 찼다.

"강아지를 잃어버렸나 봐요."

"쯧쯧, 잠깐 한눈을 판 모양이군."

잠시 후, 사람들이 모두 사라진 해변엔 거인만이 홀로 남아 있었다. 달빛에 드러난 외투 앞자락이 이상스레 불룩했고, 옷깃 사이로 새하얀 털 몇 가닥이 비어져 나와 지중해의 바닷바람에 나부꼈다.

"ㅎㅎㅎ."

낮고 음침한 미소를 흘리며, 거인은 천천히 고개를 들어 얼어붙은 밤하늘을 올려다보았다.

ち

— 마스 글로벌 서베이어. 촬영 불가!

— 마스 오디세이. 촬영 불가!

"빌어먹을!"

보고서를 읽던 사내가 서류를 거칠게 집어던졌다. 덥수룩한 턱수염을 신경질적으로 벅벅 긁으며, 그는 정면에 있는 거대한 멀티스크린으로 눈길을 돌렸다. 누런 모래 먼지에 가려진 흐릿한 행성 하나가 여러 개의 화면들 속에 나란히 나타나 있었다.

"벌써 몇 달째 모래폭풍이라니. 대체 저건 언제 걷히는 거야?"

여름 내내 이어지고 있는 거대한 폭풍을 보며 사내는 왠지 미심쩍은 생각이 들었다. 저 너머에 어떤 비밀이 숨어 있을 것만 같은, 어쩌면 폭풍은 그걸 감추는 장막일지도 모른다는 생각.

'분명히 뭔가 있어, 그게 뭔지는 모르지만……'

먼지처럼 뿌옇고 석연치 않은 느낌이 자꾸만 그의 머릿속을 어지럽히고 있었다.

'그 자는 뭔가를 알고 있었을 텐데. 갑자기 사표를 던지고 사라져 버렸으니.'

쯧! 혀를 차며 책상으로 다가앉던 사내의 눈썹이 갑자기 송충이처럼 꿈틀거렸다. 이어 짜증스러운 호통이 입 밖으로 튀어나왔다.

"레옹!"

후다닥! 어디선가 두 사람이 번개처럼 달려왔다. 한 명은 땅딸한 백인, 또 한 명은 호리호리한 흑인이었다. 불안한 표정으로 쭈뼛거리는 그들에게 곧바로 천둥 같은 불호령이 떨어졌다.

"너희들! 당장 쫓겨나고 싶어? 가뜩이나 모래폭풍 때문에 골치 아파 죽겠는데 책상 위에까지 먼지가 털실처럼 굴러다니다니."

"죄, 죄송합니다."

"헐렁한 녀석들. 그렇게 나사가 풀려서야 어디 나사에서 근무하겠어?"

황급히 걸레질을 하는 두 사람을 못마땅하게 바라보다가, 사내는 쿵쾅거리며 밖으로 나갔다. 그러고는 잔뜩 찌푸린 워싱턴의 밤하늘을 지그시 노려보았다.

6

"어? 이 시간에 웬일이세요? 엊그제 사 간 약을 벌써 다 바르셨어요?"

약국 주인이 뜻밖이라는 얼굴로 손님을 쳐다보았다. 지금 막 문을 닫으려는데 누군가가 콧김을 뿜으며 부리나케 들이닥쳤던 것이다. 성격 괄괄하기로 소문난 동네 아주머니였다.

"오늘은 무좀약이 아니라 두통약을 사러 왔어요."

"왜요? 머리가 아프세요?"

"내가 아니고 우리집 남자들이요."

"남자들이라면, 아저씨랑 아드님?"

약국 주인이 진통제를 봉투에 넣으며 물었다. 아주머니가 얼굴을 살짝 찌푸리며 고개를 끄덕였다.

"아 글쎄, 가끔씩 둘이 약속이나 한 것처럼 머리가 아프다지 뭐예요. 머릿속에 전기가 흐르는 것 같다나 뭐라나. 잊어버릴 만하면 한 번씩 그러는데, 나까지 골치 아파 죽겠어요."

"저런, 그럼 세 분 다 약을 드셔야겠네요. 한 통으로는 모자라겠는걸요? 헤헤."

약국 주인이 어색하게 웃으며 봉투 속에 재빨리 진통제 한 통을
더 집어넣었다.

잠시 후, 약국을 나선 아주머니가 몇 걸음 걷다 말고 우뚝 멈춰 섰
다. 그러고는 주위를 슬쩍 둘러본 뒤 신발을 벗고는 열심히 발을 긁
어 댔다.

"으흐흐흐, 시원하다……."

그때 골목 입구에서 누군가의 인기척이 느껴졌고, 아주머니는 냉
큼 딴청을 부리며 공연히 밤하늘을 올려다보았다.

7

그들이 바라본 하늘.
거기엔 유난히 붉게 빛나는 별 하나가 말없이 깜박이고 있었다.
화성이었다.

8

몇 년의 시간이 조용히 흘러갔다.

화성대백과 ❶ 화성은 지구가 아니다

노빈손의 새로운 모험이 펼쳐질 화성! 오랫동안 인류에게 수많은 꿈과 상상을 불러일으켰던 이 붉은 행성은 과연 어떤 곳일까? 우선 간단한 자기 소개부터 듣기로 한다.

이웃끼리는 닮은 점도 많고
다른 점도 많은 법. 그렇다면
지구의 이웃인 화성은 어떨까?
지구와는 뭐가 비슷하고 뭐가 다를까?
지금부터 하나씩 꼼꼼하게 따져 보기로 하자.
우선 다른 점부터!

궤도는 길쭉! 거리는 들쭉날쭉!

지구에서 화성까지의 거리는 끊임없이 바뀐다. 제일 가까울 때는 약 5천600만 킬로미터지만 제일 멀 때는 거의 4억 킬로미터로 7배나 늘어나며, 평균 거리는 약 8천만 킬로미터. 원에 가까운 지구의 공전 궤도와 달리 화성의 공전 궤도는 길쭉한 타원형이다. 태양계에서 궤도가 제일 심하게 찌그러진 건 수성이며, 그 다음이 화성이다. 지구의 궤도는 8개의 행성들 중 6번째로 찌그러졌다. 별로 안 찌그러졌다는 뜻이다.

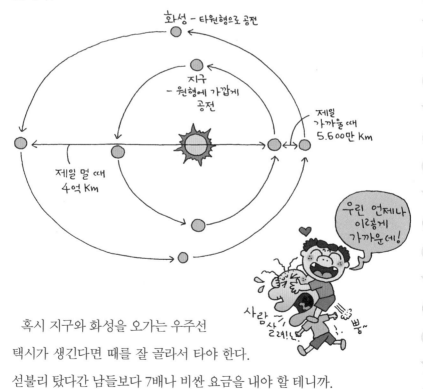

혹시 지구와 화성을 오가는 우주선 택시가 생긴다면 때를 잘 골라서 타야 한다. 섣불리 탔다간 남들보다 7배나 비싼 요금을 내야 할 테니까.

크기는 절반, 중력은 3분의 1

화성의 지름은 약 6천800킬로미터로 지구(12,756킬로미터)의 절반 정도다. 덩치(질량)가 큰 행성일수록 중력이 강하기 때문에 화성은 당연히 지구보다 중력이 약하다. 지구 중력을 1이라고 할 때 화성 중력은 0.38로 지구의 3분의 1이 약간 넘는다. 달의 중력이 0.17로 지구의 6분의 1 정도 되니까 화성 중력의 세기는 지구와 달의 중간쯤 되는 셈이다.

화성에서 몸무게가 줄어든다는 건 살이 빠진다는 뜻이 아니다. 약한 중력 덕분에 몸이 가볍게 느껴질 뿐, 몸의 질량(=몸집=살덩어리)은 똑같다. 바뀌는 건 저울의 눈금이지 우리 몸이 아니라는 이야기다.

그래도 말숙이는 화성에서 살고 싶어 할지 모른다. 왜? 체중계를 볼 때마다 기분이 아주 흐뭇해질 테니까.

공기는 듬성듬성, 산소는 0, 평균 기온은 영하 63도

하지만 안타깝게도 말숙이는 화성에서 살 수 없다. 제일 큰 문제는 숨을 못 쉰다는 거다. 화성의 공기 밀도는 겨우 지구의 100분의 1밖에 안 되기 때문이다. 그나마 산소는 0에 가깝고 대부분이 이산화탄소다.

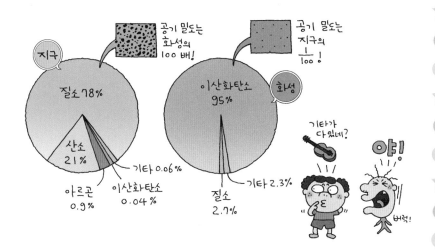

게다가 무지무지하게 춥다. 태양―화성 사이의 거리는 태양―지구의 1.5배이며, 화성이 받는 태양 에너지의 양은 지구의 43퍼센트밖에 안 된다. 연평균 기온은 영하 63도(지구의 연평균 기온은 15도)이고, 제일 추운 남극은 자그마치 영하 130도까지 내려간다.

일교차도 엄청나다. 화성의 적도 지역은 낮에는 20도까지 올라가지만 해가 지면 영하 80도까지 내려간다. 그나마 제일 따뜻한 적도 지역이 밤엔 지구의 남극보다도 더 추워진다는 얘기다.

화성의 일교차가 이렇게 큰 건 공기층이 얇기 때문이다. 보온 역할을 해 주는 공기가 부족하다 보니 낮에 그나마 미지근하게 데워졌던 땅이 밤만 되면 얼음장으로 바뀌게 되는 것이다. 지구 온난화를 일으키는 온실가스들을 화성으로 죄다 가져 가면 좋을 텐데!

기압은 200분의 1, '부글부글! 뻥!'

만약 말숙이가 강추위에도 끄떡없고 산소가 없어도 숨을 쉴 수 있는 초능력자가 된다면 화성에서 살 수 있을까? 그래도 못 산다. 두 행성의 기압 차이 때문이다.

지구의 공기는 '1제곱미터를 10미터 높이의 물기둥이 짓누르는 힘(1,013헥토파스칼(hPa)=1기압)'으로 우리의 온몸을 누르고 있다. 그런데도 그 무게를 느끼지 못하는 건 몸속에서도 똑같은 크기의 힘이 바깥의 압력에 맞서고 있기 때문이다. 안팎 압력의 평형 덕분에 우리의 몸은 찌그러들지도 않고 부풀지도 않는다.

화성은 공기가 지구보다 훨씬 적고 기압도 약 200분의 1(약 5~6헥토파스칼)에 불과하다. 몸 안의 압력은 그대로인데 밖에서 누르는 힘이 그렇게 약해지면 어떻게 될까? 우리의 몸은 풍선처럼 부풀다가 어느 순간 '빵' 하고 터져 버릴 것이다. 으으!

속도 좀 부글부글할 거다. 몸속의 수분, 즉 피와 체액들이 끓어오를

테니까. 원래 기압이 낮아지면 끓는점도 덩달아 낮아진다. 속 끓다가 속 터지는 속상한 행성이 바로 화성이란 얘기다.

춥고 숨 막히고 메마른 곳, 그러나······

화성은 온도와 기압이 너무 낮기 때문에 액체 상태의 물이 존재할 수 없다. 1년 내내 기다려도 비 한 방울 내리지 않는다. 남극과 북극이 얼음으로 덮여 있긴 하지만 그건 물이 아니라 이산화탄소가 얼어붙은 드라이아이스다. 마치 화성이 머리에 하얀 관을 쓰고 있는 것 같다고 해서 그 얼음 지대를 '극관'이라고 부른다.

바로 옆 행성이지만 지구와 화성은 이처럼 많은 차이점을 가지고 있다. 우주복을 입지 않고서는 단 몇 분도 견딜 수 없는 춥고 숨 막히고 메마른 곳! 화성은 분명히 지구가 아니다.

그러나 화성은 알고 보면 태양계에서 지구와 비슷한 점이 제일 많은 행성이기도 하다. 제2의 지구라는 멋진 별명은 괜히 생긴 게 아니다.

대체 어디가 닮았느냐고? '화성대백과 ❷'에서 여러분의 궁금증을 속 시원히 풀어 주겠다.

의문의 소녀

처음에 그 소리는 마치 환청처럼 들렸다.

— 도와주세요.

"으응?"

노빈손은 잠시 걸음을 멈추고 주위를 둘러보았다. 그러나 거리에는 바삐 오가는 사람들만 가득할 뿐, 도움을 청할 만한 사람은 보이지 않았다. 고개를 갸웃하며 다시 걸음을 옮기려는 순간, 이번엔 훨씬 크고 또렷하게 같은 목소리가 들려왔다.

— 제발 도와주세요.

"이게 대체 어디서 나는 소리야?"

노빈손은 얼떨떨한 얼굴로 다시 한 번 주위를 꼼꼼히 살폈다. 저만치 앞에 웅크리고 앉아 있는 누군가가 그때서야 눈에 들어왔다. 대여섯 살쯤 되어 보이는 자그마한 여자아이였다.

"도와 달라고 한 게 너였니?"

아이가 말없이 고개를 끄덕였다. 몇 걸음 다가서던 노빈손이 갑자기 흠칫 놀라며 그 자리에 멈춰 섰다. 꼬마인 줄 알았는데 가까이에서 보니 뜻밖에도 아주 성숙한 얼굴이었던 것이다. 열일곱? 열여덟? 하지만 겨우 1미터 남짓한 작은 몸집에?

"너, 너는…… 아니 댁은 누구세요?"

소녀가 머루처럼 까만 눈으로 말없이 노빈손을 쳐다보았다. 다 큰 여자아이를 절반으로 줄여 놓은 듯 앙증맞은 모습! 투명한 피부에 감도는 발그레한 빛이 어딘지 모르게 신비해 보였다. 목에는 회중시계처럼 생긴 은빛 목걸이를 걸고 있었다.

— 도와주세요. 쫓기고 있어요.

노빈손의 눈이 이번엔 아주 흐리멍덩하게 변했다. 이럴 수가! 입도 벙긋하지 않았는데 소리를 내다니! 대체 이게 어떻게 된 거지?

"지금 네가 말을 한 거니?"

— 그래요.

혹시 마술사? 아니면 입을 다문 채 말을 하는 복화술사? 하지만 이것저것 따질 겨를이 없었다. 소녀의 눈빛이 너무나 다급해 보였기 때문이다.

노빈손은 일단 소녀를 번쩍 둘러업었다. 그리고는 무작정 어디론가 뛰기 시작했다.

한참 뒤, 노빈손은 낯선 동네에 소녀를 내려놓고 가쁜 숨을 몰아쉬었다. 누가 쫓아오는지는 모르지만 이 정도면 육상 선수라도 중간에 추격을 포기했을 것이었다.

"헉헉, 이제 말을 좀 해 봐. 넌 누구야? 왜 그렇게 키가 안 자란 거야? 누구한테 쫓기고 있는 거지? 그리고 어떻게 입을 안 벌린 채 말을 할 수 있는 거야?"

따발총처럼 질문을 퍼붓는 노빈손을 보며 소녀는 대답 대신 빙그레 웃었다. 그러더니 가늘고 붉은 손가락으로 가만히 노빈손의 얼굴을 가리켰다.

— 당신은 참 귀엽군요.

자기보다 두 배나 큰 사람한테 귀엽다니! 나이로 따져도 내가 오빠일 텐데. 게다가 내 질문들은 싹 무시한 채 웬 동문서답?

노빈손이 다시 입을 열려는 순간, 소녀가 힘겹게 몸을 일으켰다.

— 잘 가요. 정말 고마웠어요.

"응? 가는 거야?"

— 그래요.

"하지만 내 질문에 대답을 하나도 안 했는

화성 관측의 개척자 브라헤
화성은 아득한 옛날부터 지구의 밤하늘에 떠 있었지만 처음으로 체계적인 관찰을 시작한 사람은 덴마크의 천문학자 티코 브라헤 (1546~1601)였다. 그는 망원경이 아직 발명되지도 않은 16세기 후반에 맨눈으로 16년 동안 화성을 꼼꼼히 관찰했다. 그가 남긴 귀중한 자료들을 물려받은 제자가 바로 유명한 천문학자인 요하네스 케플러였다.

데……."

─ 미안해요. 말해 줄 수 있는 게 아무것도 없네요.

말을 마친 소녀가 다리를 약간 절며 천천히 걷기 시작했다. 느닷없이 나타나 궁금증만 잔뜩 남겨 놓은 채 사라지는 작은 사람! 노빈손은 엉거주춤하게 서서 소녀의 뒷모습을 말없이 바라보았다.

봄볕 속으로 작은 새 한 마리가 포르릉 날아올랐다.

레옹 형제의 미행

휴일 한낮의 인천공항은 몹시 북적거렸다. 입국장을 통해 나온 사람들이 곳곳으로 무리지어 흩어지고 있었다. 지금 막 도착한 비행기의 승객들이었다. 짐수레를 밀고 가는 사람들 속에 얼굴이 유난히 상기된 젊은 남녀 한 쌍이 보였다.

"드디어 도착했군. 부모님의 나라에 온 기분이 어때?"

"잘 모르겠어. 좋으면서도 한편으론 걱정스러워."

"걱정 마, 은별. 넌 꼭 아빠를 찾을 수 있을 거야."

"고마워, 스라모트."

둘은 얼굴을 마주보며 싱긋 웃었다. 은별은 보조개가 귀여운 한국인, 스라모트는 어깨가 떡 벌어진 외국인이었다. 머리칼이 검고 피부가 까무잡잡한 걸로 봐서 아마도 인디언의 후손인 듯했다.

"일단 서울로 가야겠지?"

"그래야지. 지금으로선 유일한 실마리가 그곳에 있으니까."

"하지만 아빠가 사라지신 게 벌써 6년 전인데……."

은별이 근심스런 얼굴로 말끝을 흐렸다.

"내가 나빴어. 그때 곧바로 아빠를 찾아 나섰어야 했는데."

"아냐, 은별. 그동안 너도 세계 곳곳을 돌아다니느라 굉장히 바빴잖아."

스라모트가 은별을 위로했다. 둘이 버스를 기다리고 있는 동안, 약간 떨어진 곳에서 하얀 양복을 입은 껑충한 흑인이 그들을 훔쳐보며 어디론가 전화를 걸고 있었다.

"헬로? 보스, 접니다. 까말입니다. 예, 한국입니다. 지금 버스를 기다리고 있습니다. 예? 힐은 변소에 갔습니다. 아뇨, 쉬야가 아니고 응가요. 벌써 15분쨉니다."

그때 까만 양복을 입은 땅딸한 백인이 발이 저린 듯 뒤뚱뒤뚱 걸어왔다. 통화를 끝낸 까말이 그를 노려보며 퉁명스런 목소리로 말했다.

"힐! 보스가 그러는데, 만일 너 때문에 재들을 놓치면 넌 앞으로 평생 변소 청소를 하게 될 거래."

"치사한 녀석! 똥 누는 것까지 고자질하다니."

화성으로 증명한 지동설

케플러(1571~1630)는 브라헤에게서 물려받은 화성 관측 자료들을 분석하여 '행성 운동에 관한 3대 법칙'을 발견했고, 덕분에 인류의 천문학 지식은 비약적으로 발전했다. 1543년에 발표되어 세상을 뒤흔들었던 코페르니쿠스의 지동설이 케플러에 의해 증거를 얻게 된 것. 화성이 없었다면 지동설이 상식이 되는 데는 훨씬 많은 시간이 필요했을 것이다.

"어쭈? 형한테 그게 무슨 말버릇이야? 쌍둥이도 위아래가 있는 법인데."

"형 좋아하시네. 겨우 5분 일찍 태어났으면서."

눈을 치켜뜨고 대들던 힐이 갑자기 후다닥 걸음을 옮겼다. 어느새 은별과 스라모트가 버스에 오르고 있었다. 까말 역시 뒤질세라 황급히 그들을 뒤따랐다.

"스라모트. 이번에 아빠를 찾으면 우리 결혼하는 게 어때?"

"물론 나도 그러고 싶어. 하지만…… 은별도 알잖아. 우리 집안 대대로 유전되는 그 병을……."

스라모트가 말끝을 흐리자 은별이 말없이 그의 손을 꼭 쥐었다. 승객을 가득 태운 버스의 출입문이 스르르 닫혔다.

"쟤들이 누굴 만나는지 꼼꼼하게 추적하래. 지구인이든 외계인이든 하나도 놓치지 말고 낱낱이 보고하라는 거야. 특히 쟤네 아빠를 만나는지를."

"흠, 외계인이라……. 모처럼 그럴듯한 임무로군."

"맞았어. 나사의 베테랑 미화 요원답게 우리의 실력을 유감없이 보여 주자고."

맨 뒷자리에 나란히 앉아 속닥거리는 기묘한 흑백 쌍둥이. 그들은 레옹 형제였다. 흑인은 까말레옹, 백인은 힐레옹이었다.

부르릉—.

서울행 공항버스가 천천히 움직이기 시작했다.

커플 대 커플

"빈손아, 나 아까 아주 이상한 사람 봤다."

말숙이가 초코볼을 50개째 입에 넣으며 말했다. 노빈손은 늘 그렇 듯 약간의 거리를 두고 멀찍이 서 있었다. 입에서 튀어나오는 축축 한 파편을 피하기 위해서였다. 으! 초콜릿 향이 감도는 거무튀튀한 파편이라니!

"어떻게 이상했는데?"

"몸집이 엄청 컸는데, 최홍만 아저씨도 그 옆에 서면 어린애 같겠 더라. 근데 꼭 슬로모션처럼 느릿느릿 걷고 있더라고."

"그게 뭐가 이상해? 원래 큰 사람들이 좀 느리잖아."

"아냐. 내가 지나가면서 봤는데 얼굴색이 푸르뎅뎅한 게 초록빛이 돌던걸. 꼭 슈렉 같더라니까."

말도 안 되는 소리! 사람 피부가 어떻게 녹색일 수가 있어? 코웃음을 치던 노빈손 이 갑자기 멈칫하며 눈을 데구르르 굴렸다. 아까 만났던 키 작은 소녀의 모습이 퍼뜩 떠올랐던 것이다.

아주 작은 사람과 아주 큰 사람! 그리고 붉은 피부와 녹색 피부! 이거 뭔가 좀 이상 하잖아? 그렇게 특이한 사람들이 같은 날

화성을 연구한 갈릴레이
"그래도 지구는 돈다."는 유명한 말을 남겼던 이탈리아의 과학자 갈릴레이(1564~1642)는 1610년 에 직접 발명한 지름 3cm짜리 망원경으로 화성과 금성, 목성, 토성, 달, 태양 등을 관측하여 태 양 흑점을 비롯한 많은 기록을 남겼다. 1636년엔 화성 표면에 검은 얼룩들이 있음을 최초로 발 견하여 화성에 대한 인류의 관심 에 새로운 불을 지폈다.

같은 동네에 나타나다니…….

"뭘 그렇게 생각해? 내 말엔 대꾸도 없이. 말이 말 같지 않니?"

"아, 아냐. 우아, 신기하다. 그래서 어떻게 됐는데?"

노빈손이 움찔 놀라며 황급히 맞장구를 쳤다.

"그냥 그게 다야."

"쳇, 난 또……."

노빈손은 치다 말았던 코웃음을 마저 친 다음 다시 생각에 잠겼다.

어쩌면 그 녹색 인간이 소녀를 뒤쫓고 있었는지도 몰라. 하지만 왜? 그보다 그들은 대체 누구지? 어딘가 딴 세상에서 온 것 같은 그 천연색 인간들은?

누군가가 불쑥 말을 걸어온 건 바로 그때였다.

"저, 말씀 좀 묻겠어요."

은별이었다. 옆에는 스라모트가 보디가드처럼 늠름하게 서 있었다. 노빈손과 말숙이의 표정이 동시에 환하게 밝아졌다. 물론 둘의 눈길은 제각기 다른 사람을 향하고 있었지만.

"네, 얼른 물어보세요. 헤헤."

"근처에서 혹시 이런 분을 보신 적이 있나요?"

은별이 낡은 사진 한 장을 내밀었다. 희끗한 머리, 인자해 보이는 눈빛, 그리고 까만

뿔테 안경. 한눈에 보기에도 학식이 깊은 학자의 모습이었지만 낯선 얼굴임이 분명했다.

"글쎄요? 처음 보는 분인데."

그때 말숙이가 코맹맹이 소리로 끼어들었다.

"이 분은 왜 찾으시는데요? 오빠네 아빠가요?"

오빠 좋아하시네! 잘생긴 남자만 보면 목소리부터 바뀐다니까……. 노빈손이 슬쩍 말숙이를 흘겼다. 괴상한 콧소리에 당황한 듯 우물쭈물하는 스라모트를 대신하여 은별이 다시 입을 열었다.

"아뇨, 우리 아빠예요."

"흥! 그래요? 본 적 없어요."

말숙이가 퉁명스럽게 대꾸했다. 그러자 은별이 이번엔 종이 한 장을 펼쳐 보였다.

"그럼 혹시 이런 그림은요?"

종이 위에는 간단한 그림 하나가 그려져 있었다. 큰 동그라미 하나, 그리고 그 안에 작은 동그라미 두 개. 노빈손이 갑자기 피식 웃음을 터뜨렸다. 호호호, 왠지 낯익다 했더니 이 그림은 바로……

"돼지코잖아?"

아뿔싸! 그건 노빈손이 절대 입 밖에 꺼내서는 안 되는 단어였다. 특히 말숙이 앞에서는! 뒤늦게 실수를 깨달았지만 이미 엎질러진 물이었다. 그림을 꼭 빼닮은 말숙이의 코가 벌름거리는가 싶더니, 뒤이어 삼손 같은 괴성이 우우우 터져 나왔다.

"으아아! 못 참아. 뭐? 돼지코라고?"

졸지에 고양이 앞의 생쥐가 되어 버린 노빈손! 말숙이의 필살기인 꺾기와 조르기가 잇달아 펼쳐졌다. 은별과 스라모트가 입을 떡 벌린 채 이 엽기적인 커플을 놀란 눈으로 바라보았다.

로웰이 남긴 메모

"그러니까 그분이 아주 유명한 과학자란 말이죠?"

말숙이가 쌀자루처럼 큼지막한 초코볼 봉지를 만지작거리며 물었다.

"예스."

"그런데 6년 전에 갑자기 사라져서 소식이 끊겼다?"

"예스."

"근무하시던 곳이…… 나사못 만드는 회사라고 했나요?"

"노! 나사(NASA)! 미국항공우주국."

쯧쯧, 그 나사와 이 나사를 구분 못하다니! 노빈손이 가만히 혀를 찼다. 넷은 지금 근처 카페로 자리를 옮겨 이야기를 나누는 중이었다.

"고 박사님은 은별의 아빠이자 내가 존경하던 이웃집 아저씨였어. 세계적인 과학자로 이름이 높았고 나사에서는 화성 연구팀을 이끄셨지. 난 어린 시절에 그분이 들려주는 재미있는 우주 이야기를 들으며 우주 비행사의 꿈을 키웠고."

"어머! 그럼 오빠 지금 우주 비행사?"

"예스, 아이 엠."

"우아!"

말숙이의 호들갑이 한 옥타브 높아졌지만 스라모트는 여전히 차분했다.

"그런데 어느 날 박사님이 하버드대학 도서관에서 로웰의 메모가 적힌 사진을 우연히 발견했고, 얼마 후 한국으로 홀쩍 떠나

화성 극관을 발견한 카시니
프랑스의 이탈리아계 천문학자 카시니(1625~1712)는 화성에 '극관'이 있음을 최초로 발견했다. 그가 1666년에 스케치한 화성 그림에는 하얀 모자처럼 생긴 극관들이 또렷이 담겨 있다. 오해가 있었다면 원래 남북극에만 있는 극관을 동서남북 네 곳에 모두 그려 놓았다는 것. 그는 1672년에 화성과 태양 사이의 거리를 처음으로 측정하기도 했다.

셨던 거야."

"로웰이 누군데요?"

초롱초롱한 눈빛으로 묻는 말숙이를 보며 노빈손은 슬며시 콧방귀를 뀌었다. 평소에 공부를 그렇게 열심히 했으면 하버드대학을 들어가고도 남았을 텐데…….

"로웰은 화성 연구의 선구자라고 할 수 있는 위대한 천문학자였어. 19세기 말에 화성에 대한 전 세계의 관심이 폭발했던 데에는 그의 역할이 아주 컸지."

"오호라!"

무작정 고개를 끄덕이는 말숙이 못지않게 노빈손도 은근히 흥미를 느끼며 스라모트의 말에 귀를 기울였다. 그런 인물이 남긴 메모라면 뭔가 심상치 않은 내용일 게 분명했다.

"로웰은 1894년에 당시로서는 최고 성능의 천체 망원경을 갖춘 로웰천문대를 미국 애리조나 주에 세웠어. 이후 화성에서 100개가 넘는 운하를 발견했다고 주장해서 세상을 발칵 뒤집어 놓았지. 그는 그 운하들이 외계 문명의 증거라고 굳게 믿었다네."

"네? 그럼 화성인이?"

말숙이가 놀란 얼굴로 되물었다. 하지만 노빈손은 갑자기 흥미가 싹 가시면서 하품이 나올 지경이었다. 우주에 대한 지식이

화성의 운하에 얽힌 오해
1877년에 이탈리아의 천문학자 스키아파렐리(1835~1910)는 화성 표면에서 여러 개의 줄무늬를 발견하고 그걸 까날리(canali : 이탈리아어로 '파인 자국'이라는 뜻)라 불렀다. 그게 영어권 국가로 전해지면서 카날(canal : 영어로 '운하'라는 뜻)로 잘못 번역되는 바람에 "화성에 운하가 있다."는 소문이 미국인들을 사로잡았다. 로웰도 그중 한 사람이다.

보잘것없던 100년 전이라면 몰라도, 지금은 화성이 춥고 메마른 황무지라는 게 다 밝혀진 시대 아닌가. 화성인들이 운하를 만들었다는 건 달나라에 토끼가 산다는 것만큼이나 허무맹랑한 이야기였던 것이다.

"빈손은 내 얘기가 시시한 모양이군."

스라모트가 빙긋 웃으며 물었다.

"아니 뭐, 시시하다기보다…… 그건 어차피 다 옛날 얘기잖아요. 그런데 박사님이 발견하신 게 그때 찍은 화성 사진이었나요?"

"아니. 어떤 점토판을 찍은 거였어."

"점토판요?"

"옛 사람들이 종이 대신 사용했던 거지. 진흙을 납작하게 짓이긴 다음 그 위에 글씨나 그림을 새겨서 햇볕에 말린 거야. 로웰은 애리조나 주의 한 계곡에서 우연히 수천 년 전의 원형 점토판을 발견했고, 그걸 사진으로 남긴 모양이더군. 메모는 그 사진의 뒷면에 적혀 있었고."

"글쎄 뭐, 보나 마나……."

황당한 이야기겠지요, 라고 말하려다 노빈손은 입을 꾹 다물었다. 은별이 찌르는 듯한 눈초리로 자기를 바라보고 있었던 것이다. 아니나 다를까, 은별이 야무진 목소리로 말했다.

"빈손! 그렇게 코웃음을 치면 곤란해. 물론 100년 전의 화성 관측은 틀린 게 많아. 로웰 역시 그 시대의 과학적 한계를 뛰어넘을 수는 없었겠지. 망원경으로 흐릿하게 보이는 화성의 계곡들을 운하로 오해한 것도 그렇고. 하지만……."

"하지만?"

"로웰은 절대 허풍선이는 아니었어. 아주 진지했다고. 게다가 한국과도 인연이 깊었던 사람이야."

한국과의 인연? 노빈손의 가슴에 다시 한 번 강렬한 호기심이 일었다.

"그는 1883년에 고종 임금이 미국에 파견했던 외교사절단을 안내하고 미국 대통령과의 만남을 주선했던 사람이야. 그 후 고종의 초청으로 조선을 방문해서 3개월간 경복궁에 머물렀고, 미국으로 돌아간 뒤엔 그때의 경험을 직접 책으로 쓰기도 했지.”

“책 제목이 뭔데요?”

“『고요한 아침의 나라 조선』(Chosun, the land of the morning calm)!”

아! 노빈손과 말숙이의 입이 동시에 활짝 벌어졌다. 저 유명한 ‘고요한 아침의 나라’라는 표현을 세계에 퍼뜨린 사람이 다름 아닌 로웰이었다니!

“점토판 사진은 바로 그 책의 책갈피에 꽂혀 있었다네.”

스라모트가 덧붙였다.

흠, 이거 얘기가 묘하게 돌아가는걸? 한국과 인연이 깊은 천문학자가 한국에 대해 쓴 책갈피에 남긴 메모를 백여 년 뒤에 한국인 과학자가 발견했다니! 찌릿한 예감과 함께 노빈손의 정수리가 조금씩 근질거리기 시작했다.

“그때 아빠가 보여 주셨던 메모를 난 지금도 또렷이 기억하고 있어. 그 내용은……”

은별이 말을 멈추고 스라모트를 쳐다보았다. 얘길 해도 괜찮을지 묻는 눈빛이었다. 스라모트가 조용히 고개를 끄덕였고, 은별은 잠시 머뭇거리다가 작은 수첩을 꺼내 들었다.

“똑같이 옮겨 적어 볼게. 단, 비밀을 반드시 지킨다고 미리 약속해 줘.”

“무, 물론이죠.”

로웰과 아폴로 박사님

로웰이 쓴 『고요한 아침의 나라 조선』은 100년이 지난 뒤에야 한국에 알려졌다. 1980년대에 로웰 천문대에서 그걸 처음 발견한 주인공은 ‘아폴로 박사’라는 별명으로 유명한 한국의 천문학자 조경철 박사님이다. 로웰이 직접 찍은 고종 황제의 사진이 책과 함께 발견되어 화제가 되었다. 박사님은 나중에 로웰의 책을 직접 번역하기도 했다.

노빈손이 힘주어 고개를 끄덕였다.

잠시 후, 은별이 건넨 수첩엔 이런 내용이 적혀 있었다.

1905년 천문대 옆 버튼 록 계곡에서 발견한 점토판을
10년 만에 해독했다.
놀라움과 충격, 그리고 두려움! 나는 침묵할 수밖에 없었다.
어느덧 삶의 황혼! 고민 끝에 이 사진과 메모를 남긴다.
젊은 날의 추억이 담긴 책갈피 속에.
훗날 이것을 발견하는 이여, 부디 모두에게 일깨워 다오.
두 별이 평화롭게 만나야 함을.

― 1915. 12. 퍼시벌 로웰

＊버로스는 어떻게 알았을까? 화성인들의 모습을.
　그도 점토판을 읽었을까?

편지 속의 그림

"대체 이게 무슨 뜻이죠?"

노빈손이 물었다. 두 번이나 꼼꼼히 읽어 보았지만 도무지 무슨
말인지 종잡을 수가 없었던 것이다. 심각한 단어들만 잔뜩 늘어놓고
정작 제일 중요한 점토판 내용은 밝히지 않았으니, 이런 뜬구름 같

은 소리가 어디 있단 말인가? 게다가 밑도 끝도 없이 웬 화성인?

"나도 몰라. 중요한 건, 아빠 역시 사진과 메모를 본 뒤부터 로웰처럼 심각해졌다는 거야."

"설마?"

로웰은 옛날 사람이니까 그러려니 할 수도 있다. 하지만 고 박사까지? 어떻게 21세기에 나사에서 일하는 사람이 그런 반응을 보일 수 있단 말인가.

"사진은 어디 있죠?"

"아빠가 갖고 계셔. 난 고등학생 때 그 사진을 봤지만 아무것도 알 수 없었지. 내가 대학에서 고고학을 공부하게 된 것도 그걸 해석하고픈 마음 때문이었어."

"그럼 은별 누난 고고학자?"

노빈손의 질문에 스라모트가 대신 대답해 주었다.

"은별은 얼마 전에 고고학 박사가 되었다네."

"흥, 어쩐지 혼자 고고한 척하더라니."

말숙이가 구시렁거렸다. 맙소사! 쟤는 고고학이 뭔지도 모르는 게 틀림없어…….

노빈손이 화끈 달아오른 얼굴로 황급히 화제를 돌렸다.

"그런데 박사님은 사진을 갖고 왜 사라지신 거죠?"

로웰의 집념

로웰은 스키아파렐리의 '운하' 발견에 자극받아 천문대를 세웠다. 그가 발견한 100여 개의 운하들은 실제로는 화성 남반구의 울퉁불퉁한 지형 때문에 생긴 거대한 그늘과 계곡들이었다. 하지만 그는 남북극의 극관으로부터 건조한 지역으로 물을 운반하는 운하라고 믿었다. 전문적인 천문학자들은 그를 비웃었지만 로웰은 자기 믿음을 조금도 굽히지 않았다.

"그건 나도 몰라. 공부하느라 몇 년 동안 아빠랑 헤어져 있었거든."

"그럼 한국으로 오신 건 어떻게 알아요?"

"바로 이 그림 때문이야."

은별이 아까 그 종이를 꺼내며 옆을 힐끔 쳐다봤다. 으윽! 말숙이가 신음을 뱉으며 냉큼 눈길을 돌려 버렸다. 흐흐흐! 고소해하는 노빈손 옆에서 은별이 웃음을 깨물며 말했다.

"이 돼지코는……"

"이봐요!"

말숙이가 마침내 참지 못하고 으르렁거렸다. 그러고는 찔끔하는 은별에게 도끼눈을 뜨며 윽박질렀다.

"이제부터 단추라고 해요! 알았어요?"

"아, 알았어."

은별이 얼른 고개를 끄덕였다. 하긴, 듣고 보니 그건 영락없는 단추 그림이기도 했다.

"이 단추 그림은 아빠가 떠나기 전에 내게 보낸 편지야."

글씨는 전혀 없고 달랑 그림 하나만 그려진 편지! 이게 대체 뭘 뜻하는 걸까?

"이 그림이랑 한국이 무슨 관계가 있죠?"

"언젠가 아빠가 그러셨어. 미국 가기 전 우리 식구들이 살던 동네에 이런 그림이 새

로웰과 명왕성
로웰은 당시 태양계 맨 끝으로 알려졌던 해왕성 바깥에 또 하나의 행성이 있으리라고 예측하고 거기에 'X행성(미지의 행성)'이라는 이름을 붙였다. 그의 뜻을 이어받은 톰보가 1930년에 드디어 X행성을 발견했으니, 그게 바로 명왕성이다. 하지만 명왕성은 2006년에 국제천문연맹에 의해 태양계 행성에서 제외되었다. 행성으로서의 기본 요건들을 충분히 갖추지 못했기 때문.

　겨진 큰 바위가 있었다는 거야."

　"그 동네가 바로 여기란 말이죠?"

　"빙고! 그래서 난 그 편지가 여길 뜻하는 암호라고 생각했던 거야."

　하긴, 그런 의미의 암호라면 은별 외에는 아무도 알아차릴 수 없겠군. 하지만 그것만으로는 박사가 사라진 이유를 알 수 없잖아? 혹시 뭔가 다른 의미가 있는 건 아닐까? 딸에게만 알리고 싶었던 비밀이라든가…….

돼지코! 동그라미! 큰 거 하나에 작은 거 두 개.

한동안 그림 속 콧구멍을 들여다보던 노빈손의 뇌리에 어떤 깨달음 하나가 빛의 속도로 스쳐 갔다. 파파팟! 그리고 잠시 후.

"알았다!"

귀가 얼얼한 외침! 그 소리에 놀란 은별과 스라모트가 물을 엎질렀다. 말숙이가 '푸웁' 하고 뱉어 낸 초코볼 다섯 개가 노빈손의 양쪽 볼에 주르륵 달라붙었다.

"이 그림엔 또 하나의 의미가 있어요."

"그게 뭔데?"

노빈손이 곰보가 된 얼굴로 의기양양하게 말했다.

"화성이에요."

가자! 돼지바위로

"그러니까 이 콧구멍, 아니 단춧구멍들이 위성이란 말이지?"

"맞아요. 화성엔 두 개의 위성, 즉 달이 있죠. 포보스와 데이모스! 큰 동그라미는 화성이고 작은 동그라미들은 화성이 거느린 위성인 게 분명해요."

"흠, 듣고 보니 정말 틀림없는 것 같군."

"아아, 그런 뜻이! 역시 아빠의 실종은 화성과 관계가 있었어."

나직이 중얼거리는 은별에게 노빈손이 탐정 같은 말투로 설명을 계속했다.

"이 그림은 이를테면 이중 암호인 셈이에요. 박사님이 사라진 이유와 가는 곳이 어디인지를 함께 알려 주는 거죠."

이렇게 똑똑할 수가! 은별이 놀란 얼굴로 노빈손을 쳐다보았다. 스라모트 역시 엄청 감탄한 눈치였다.

"빈손! 자넨 천재일세. 대체 어떻게 그런 걸 알아낼 수 있지?"

"평소 실력이죠, 히힛."

노빈손이 한껏 거만한 얼굴로 대답했다. ㅎㅎㅎ, 만화책으로 갈고 닦은 상식이란 얘긴 절대 하지 말아야지. 『화성으로 이사 간 엽기토끼』, 『암호를 풀다 지친 스파이』 등등.

"그나저나……."

은별의 얼굴에 다시 근심이 깃들었다.

"빨리 그 바위를 찾아야 할 텐데."

노빈손을 바라보는 은별의 눈빛에 은근한 기대감이 떠올랐다. 그러자 말숙이가 곧바로 퉁명스럽게 쏘아붙였다.

"이 산동네에서 바위 하나를 찾는 건 서울에서 박 서방 찾기보다 힘들다고요. 바위마다 이름이 있는 것도 아니고."

바보! 김 서방인데. 아무튼 말숙이의 말이

화성의 달을 발견한 홀

스키아파렐리가 화성 표면 줄무늬들을 발견한 1877년은 19세기 들어 화성이 지구에 제일 가까이 접근한 해였다. 그해에 미국의 천문학자 홀(1829~1907)은 화성에 두 개의 위성이 있음을 처음으로 발견하고 거기에 신화 속 이름을 붙였다. 화성을 상징하는 전쟁신 '마르스(Mars)'의 쌍둥이 아들 '포보스'와 '데이모스'가 그 주인공들이다.

맞기는 해. 거북바위나 선녀바위처럼 바위에 이름이 있으면 찾기가 한결 쉽겠지. 둥글넓적한 바위에 돼지코가 그려져 있다면…… 아마도 돼지바위쯤 되지 않을까?

앗! 내가 지금 뭐라고 했지? 돼지바위? 돼지바위라면…… 그건 바로…….

노빈손의 눈동자가 가운데로 휙 몰렸다가 양 끝으로 흩어졌다. 그리고 또 한 번의 고함!

"가요!"

세 사람의 눈이 동시에 휘둥그레졌다. 밑도 끝도 없이 어딜 가자는 거야? 하지만 노빈손은 어느새 출입문을 향해 총알처럼 뛰어가고 있었다.

"가자니까요! 그 바위는 바로 우리 집 뒷산에 있어요."

돼지바위! 거기는 옛날 노빈손의 엄마가 떡두꺼비 같은 아들을 점지해 달라고 아침저녁으로 치성을 드리던 곳이었다. 할머니가 아버지를 낳기 전에도, 또 증조할머니가 할아버지를 낳기 전에도. 그 바위는 동네 토박이인 노씨 집안의 용한 삼신할미인 셈이었다.

셋은 서로 뒤질세라 부리나케 자리를 박차고 일어났다. 우르르 몰려 나가는 기세에 밀려 문밖에서 안쪽을 엿보던 누군가가 우당탕 넘어졌지만 돌아볼 겨를조차 없었다.

화성의 사계절을 밝힌 허셜
1781년에 천왕성을 처음 발견한 독일 출생의 영국 천문학자 허셜(1738~1822)은 1783년에 화성의 자전축이 지구와 비슷한 각도로 기울어져 있음을 알아냈다. 화성에도 사계절이 있음이 처음으로 밝혀진 것. 그밖에도 그는 화성의 극관들이 얼음으로 이루어져 있음을 알아냈으며, 계절 변화에 따라 달라지는 극관의 크기를 그림으로 자세히 남겼다.

잠시 후, 넘어졌던 사람들이 투덜거리며 절뚝절뚝 네 사람을 쫓아 갔다. 레옹 형제였다.

돼지바위로 달려가는 동안, 노빈손은 중요한 사실 하나를 또다시 깨달았다. 로웰이 점토판을 발견했다는 장소! 그곳의 이름이 지닌 뜻을.

버튼 록! 그건 다름 아닌 '단추 바위'였다.

백치가 된 고 박사

"헉헉, 이제 어쩌죠?"

노빈손이 가쁜 숨을 몰아쉬며 물었다. 산 중턱까지 한달음에 뛰어 올라왔지만 거기엔 아무도 없었다. 닳을 대로 닳아 흔적조차 제대로 보이지 않는 그림이 둥글넓적한 바위 복판에 희미하게 남아 있을 뿐이었다.

"아빠, 대체 어디로 가신 거예요?"

은별이 울먹이며 털썩 주저앉았다. 그때 스라모트가 날카로운 눈빛으로 바위 주변을 구석구석 살피기 시작했다. 잠시 후, 그가 고개를 끄덕이며 말했다.

"박사님은 여기에 오셨던 게 분명해."

"그걸 어떻게 알아요?"

"땅이 파헤쳐졌던 흔적들이 곳곳에 남아 있어. 끊어진 나무뿌리며 울퉁불퉁한 흙무덤들. 이건 큰 구덩이들이 여러 개 생겼다가 다시 메워졌다는 증거야. 뭘 찾으신 건지는 모르겠지만."

"어머머! 오빠 어떻게 그런 걸 한눈에 알 수 있어요?"

말숙이가 황홀한 눈빛으로 물었다. 거북한 표정을 짓는 스라모트를 대신해서 은별이 그 이유를 설명해 주었다.

"스라모트는 인디언 부족인 체로키족의 후손이야. 자연을 보는 눈이 남다르지. 울창한 숲 속에서 작은 다람쥐의 흔적까지도 꿰뚫어 볼 수 있으니까."

"어쩜! 너무 멋져."

갈수록 콧소리가 심해지는 말숙이를 흘겨보며 노빈손이 심드렁한 얼굴로 물었다.

"오셨었다는 걸 알면 뭐해요? 지금 계신 곳을 알아야지."

"애는? 오빠가 무슨 점쟁이니? 어떻게 그런 무리한 요구를 해?"

하지만 애팔레치아 산맥을 누비던 체로키족에겐 무리한 요구가 아니었다. 스라모트가 갑자기 네발짐승처럼 풀밭에 납작 엎드리더니 천천히 움직이기 시작했던 것이다. 아무리 인디언의 후손이기로서니 설마 냄

웰스의 『우주전쟁』
로웰의 화성 연구는 작가들에게도 커다란 영감을 불어넣었다. 대표적인 작품이 바로 영국의 SF 작가 웰스(1866~1946)의 『우주전쟁』. 문어처럼 생긴 화성인들이 지구를 공격하여 아수라장으로 만들었다가 지구인들에겐 별것 아닌 바이러스에 감염되어 전멸한다는 내용이다. 세계적인 베스트셀러가 된 이 책은 지금도 널리 읽히는 화성 SF의 고전이다.

새로 사람을 찾을 수도 있다는 걸까?

"서 있을 땐 보이지 않던 것도 이렇게 눈높이를 낮추면 보이는 법
이지. 여길 봐. 원래는 길이 아닌 곳인데 풀들이 유독 납작하게 누워
있지? 최근까지 누군가 자주 이리로 오갔다는 뜻이야. 이 흔적을 따
라가다 보면 뭔가 단서가 잡힐지도 몰라."

놀라운 관찰력! 세 사람은 천천히 스라모트의 뒤를 따랐다. 같은 시각, 산 밑에서는 레옹 형제가 쌍안경으로 그들의 움직임을 쫓고 있었다.

흔적은 산마루를 따라 길게 이어졌다. 잠시 후 그들이 도착한 곳은 산허리에 외떨어져 있는 헛간처럼 허름한 집이었다. 지붕과 담장이 군데군데 허물어졌고, 처마 밑으로는 낡은 전깃줄들이 거미줄처럼 뒤엉킨 채 늘어져 있었다.

"설마 이런 곳에 아빠가?"

은별이 떨리는 손으로 문을 열었다. 볕이 잘 들지 않는 실내는 눅눅하고 침침했다. 어둠에 적응하기 위해 잠시 눈을 찌푸리고 있던 은별이 별안간 울음을 터뜨리며 황급히 안으로 뛰어 들어갔다.

"아빠아—!"

어둠 속. 두 개의 작은 광채가 보였다. 자세히 보니 그건 두 개의 퀭한 눈동자였다. 머리가 봉두난발인 깡마른 체구의 남자가 무표정한 얼굴로 이쪽을 쏘아보고 있었다.

"박사님!"

스라모트가 놀란 얼굴로 달려갔다. 은별이 고 박사의 얼굴을 끌어안고 흐느끼기 시작했다.

"아빠! 저 은별이예요! 모르시겠어요?"

하지만 박사는 여전히 묵묵부답이었다. 멍하니 사람들을 바라보는 그의 눈에는 이미 생기라고는 전혀 없었다.

"어흐! 히힛! 으히히히—."

가닥가닥 끊어진 채 의미 없이 흘러나오는 소리들.

그리고 초점 없는 눈길.

놀랍게도 고민중 박사는 백치가 되어 있었다.

수수께끼의 실마리

흐릿한 전등 아래 드러난 방 안 풍경은 옹색하기 짝이 없었다. 앉
은뱅이책상 하나에 낡은 이불 한 채. 책상 위엔 노트북 컴퓨터와 공
책 몇 권이 있었고 벽에는 세계지도 한 장이 덩그러니 붙어 있었다.

반짝!

어두운 구석에서 뭔가 하얗게 빛나는 게 눈에 띄었다. 엎어 놓은 냉
면 사발처럼 생긴 그 금속 물체의 위쪽에는
뾰족한 안테나 같은 게 솟아 있었고, 안테나
끝에는 붉은 돌멩이 하나가 박혀 있었다.

무엇보다도 의아한 건 창가에 있는 의자
였다. 거기엔 미장원 파마 기계처럼 생긴
복잡한 장비가 설치되어 있었다. 의자에 앉
으면 머리통을 모자처럼 덮게 되어 있는 그
장치에는 여러 가닥의 전선들이 주렁주렁
매달려 있었다.

버로스의 「화성의 공주」

웰스의 「우주전쟁」 못지않게 유
명한 또 다른 화성 SF는 미국 작
가 버로스(1875~1950)의 「화성
의 공주」다. 미국의 젊은 군인 존
카터가 애리조나 주의 사막에서
화성으로 날아올라 여행하며 겪
는 흥미진진한 모험담이다. 한국
에선 1970년대에 「화성의 존 카
아트」라는 제목의 어린이 SF로
처음 소개되었으며, 이후 여러
곳에서 다시 출판되었다.

"이제 보니 이건······."

기계를 살펴보던 스라모트가 심각한 얼굴로 말했다.

"뇌에 전기 자극을 주는 장치로군. 이런 게 왜 있는 거지?"

"그럼 박사님이 저렇게 되신 것도 이 기계 때문에?"

노빈손이 기계와 고 박사를 번갈아 쳐다보았다. 박사는 여전히 흐릿한 눈길로 일행을 멍하니 바라보고 있었다. 젖은 눈으로 책상 위의 공책을 들춰보던 은별이 "아!" 하고 낮은 탄성을 내뱉었다.

"아빠의 일기장이야."

유난히 두툼한 낡은 가죽 표지의 공책! 그건 고 박사가 지난 세월 동안 중요한 일들을 그때그때 기록해 놓은 것이었다.

은별이 떨리는 손으로 첫 장을 넘겼다. 공교롭게도 일기는 은별이 태어난 날로부터 시작되고 있었다.

1983. 2. 7.

드디어 예쁜 딸이 태어났다.

이름을 은별이라 지었다.

고은별! 부디 건강하게 자라 멋진 삶을 살아 다오.

1984. 3. 1.

화성에서 온 걸로 추측되는 운석이 남극에서 발견되었다는

신문 기사를 보았다. 〈ALH84001〉이라 이름 붙인 그 운석엔

어떤 놀라운 흔적들이 숨어 있을까?

언젠가 과학 잡지에서 본 '화성의 얼굴'이

생각난다. 나도 머지않아 박사가 되면

우주의 비밀들을 내 손으로 캐낼 수 있겠지.

1987. 5. 30.

사랑하는 나의 아내, 은별 엄마가 결국

하늘나라로 갔다. 여보, 걱정하지 마오.

은별은 내가 당신 몫까지 사랑하며 키울 테니.

화성인에게 놀란 미국인들
1938년, 미국의 유명한 영화배우가 라디오 방송을 진행하던 중 슬그머니 장난을 쳤다. "화성인들이 지구를 공격하기 위해 뉴저지 주에 착륙했다."고 외친 것. 미국 군대의 방어선이 무너졌으니 빨리 피난을 가라는 그의 말에 놀란 미국인들이 한꺼번에 몰려나와 뉴욕 전체가 큰 혼란에 빠졌다. 결국 그 일로 해고당한 영화배우의 이름은 오손 웰스였다.

1988. 8. 10.

은별과 함께 미국으로 왔다.

이제 며칠 후면 꿈에도 그리던 나사의 연구원이 된다.

은별의 눈시울이 다시 촉촉해지기 시작했다. 일행 역시 무거운 얼굴로 묵묵히 일기장을 읽어 내려갔다. 이제 잠시 후면 박사를 둘러싼 모든 수수께끼들이 풀릴 것이다. 왜 나사에서 도망치듯 떠나야 했는지, 왜 은별에게 암호 같은 편지를 보냈는지, 그리고 왜 이곳에 이런 모습으로 머물러 있는지…….

일기장이 한장 한장 조용히 넘어갔다. 거기엔 실로 믿기 힘든 놀라운 이야기들이 빼곡하게 담겨 있었다.

그 시각, 레옹 형제는 집 근처 나무 뒤에 잠복 중이었다. 납작 엎드린 힐레옹 옆에서 까말레옹이 열심히 문자 메시지를 찍고 있었다.

상상력과 과학 사이

로웰이 스키아파렐리의 발견에 자극 받아 화성 연구를 결심했다면, 웰스와 버로스 같은 작가들은 로웰의 연구에서 영감을 얻어 화성에 관한 작품들을 썼다. 그 작품들은 다시 독자들에게 꿈과 영감을 불어넣어 새로운 과학자들을 만든다. 실제로 칼 세이건을 비롯하여 오늘날 세계적으로 유명한 우주 과학자들은 대부분 어린 시절에 버로스의 열렬한 애독자였다고 한다.

✉ 수상한 남녀와 접선.

생긴 걸로 봐서 둘 다 지구인이 아닐 가능성 높음. 넷이서 뜀박질 후 등산.

인디언이 네 발로 기었고 나머지는 두 발로 걸었음. 웬 귀곡산장 같은 집으로 들어감.

확 덮칠깝쇼?

잠시 후, '설치지 말고 계속 감시하라'는 답신이 '딩동' 소리와 함께 도착했다. 화들짝 놀란 힐레옹이 까말레옹의 뒤통수를 쥐어박으며 말했다.

　　"멍청아! 당장 진동으로 바꾸지 못해?"

　　"씨, 내가 형인데……."

　　까말레옹이 투덜거리며 버튼 하나를 꾸욱 눌렀다.

　　어느새 해가 뉘엿뉘엿 돼지바위 뒤로 넘어가고 있었다.

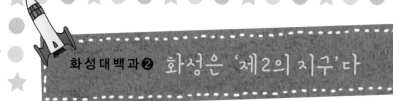

과학자들이 화성에 관심이 많은 건 지구와 가깝기 때문만은 아니다. 위치로만 본다면 화성뿐 아니라 금성도 지구 바로 옆에 있는 이웃이다. 금성의 크기와 중력은 지구와 비슷하며, 지구와의 거리도 화성보다 훨씬 가까워서 4천140만 킬로미터까지 접근한다.

하지만 화성을 무대로 삼은 SF 소설이나 영화는 많아도 금성이 배경이 된 작품은 드물다. 세계 각국에서 발사하는 우주선들도 대부분 화성에 집중되어 있다. 인간이 처음으로 착륙할 행성, 나아가 먼 훗날 지구인이 개척하여 이주할 행성의 첫 번째 후보 역시 화성이다.

금성으로서는 좀 서운하겠지만 어쩔 수 없는 일이다. 거기엔 다 이유가 있으니까. 그게 뭘까?

인간이 착륙할 수 있는 유일한 행성

우리 태양계의 행성들은 크게 두 종류로 나뉜다. 수성, 금성, 지구, 화성은 표면이 단단한 '지구형 행성' 들이고 나머지는 가스나 얼음으로 뒤덮인 '목성형 행성' 들이다.

하지만 지구형 행성이라고 해서 다 인간의 착륙이 가능한 건 아니다. 수성은 태양에서 제일 가까우니까 당연히 뜨겁고, 금성 역시 표면 온도가 460도나 되는 용광로 행성이다.

금성이 그렇게 뜨거운 건 지구보다 100배나 촘촘한 공기가 대부분 이산화탄소라서 엄청난 온실효과를 일으키기 때문. 기압도 무려 90배나 높다. 150도의 고온과 영하 130도의 추위, 진공 상태인 우주 공간의 0기압을 두루 견디는 최첨단 우주복도 아무 쓸모가 없게 된다.

하지만 화성에선 우주복만 입으면 얼마든지 착륙과 이동이 가능하다. 실제로 나사와 유럽에선 2030년쯤에 화성에 유인 탐사선을 보낼 계획을 갖고 있다.

하루는 24시간 37분, 게다가 사계절까지!

화성의 하루는 지구보다 겨우 37분 더 길다. 게다가 자전축도 지구와 비슷하게 25도 기울어져 있어서 (지구는 23.5도) 지구처럼 사계절이 존재한다.

하지만 지구보다 먼 곳에서 태양 주위를 돌고 있고 공전 궤도도 길쭉해서 태양을 한 바퀴 도는 데는 지구

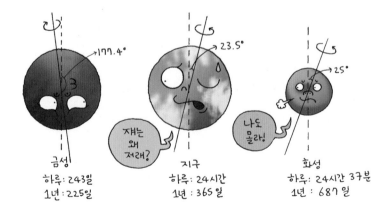

금성
하루: 243일
1년: 225일

지구
하루: 24시간
1년: 365일

화성
하루: 24시간 37분
1년: 687일

날짜로 687일이 걸린다. 즉, 화성의 1년은 687일이다. 지구의 1년보다 2배 가까이 길기 때문에 각 계절의 길이도 그만큼씩 더 길다.

그렇다면 금성은? 금성의 자전축은 177.4도나 기울어져 있고 자전 방향은 지구와 반대다. 거꾸로 물구나무를 선 채 역회전을 한다는 뜻이다. 게다가 자전 주기는 243일이고 공전 주기는 225일. 하루가 1년보다 긴 괴상한 행성이다.

물이 있었고 지금도 있다!

화성에 물이 있었다는 증거는 무수히 많다. 분화구 안으로 물이 흘러내린 흔적들, 운석 충돌 때 지하수가 터져 나와 흘러간 흔적들, 넓은 평원에 남은 홍수 때의 물웅덩이 자국들과 나뭇가지 모양의 하천 흔적들……. 심지어는 바다가 있었다는 증거까지 속속 발견되고 있다.

화성엔 분명히 물이 '있었다'. 그렇다면 지금은?

과학자들은 한때 풍부했던 화성의 물이 기후 변화를 거치면서 꽁꽁 얼어붙은 채 지하에 갇혀 있으리라고 추측한다. 실제로 2008년에 〈피닉스〉가 화성 북극 지하에서 두꺼운 얼음층을 발견하기도 했다. 비록 액체가 아닌 고체이긴 하지만, 화성엔 지금도 물이 '있다' 는 얘기다.

화성을 '제2의 지구' 로 부르는 가장 큰 이유는 바로 이것이다. 물이야말로 생명의 근원이며 생명 유지의 열쇠이므로. 머지않아 화성 얼음으로 만든 생수가 지구의 마트에서 팔리는 날이 올지도 모른다.

쌍달밤의 데이트

지구의 달은 지구에서 36만 킬로미터 떨어져 있으며 지름은 3천476 킬로미터다. 하지만 화성의 달은 훨씬 낮게 떠 있고 크기도 비교가 안 될 만큼 작다.

포보스는 6천 킬로미터 상공에서 8시간에 한 바퀴씩 화성 주위를 돈다. 지름은 겨우 15킬로미터로 지구 달의 232분의 1. 데이모스는 2만 킬로미터 위에서 30시간에 한 바퀴씩 공전하며 지름은 지구 달의 129분의 1인 27킬로미터다. 재미있는 건, 공전 속도 차이 때문에 화성에서 볼 때 데이모스는 동쪽에서 뜨고 포보스는 서쪽에서 뜬다는 점. 둥글고 복스러운 지구 달과 달리 둘 다 울퉁불퉁하고 찌그러진 못난이 위성들이다.

하지만, 생김새는 뚱딴지(돼지감자)를 닮았어도 금성처럼 달이 없는

것보다는 낫다. 비록 휘영청 밝은 보름달을 볼 수는 없겠지만, 화성 밤하늘에 뜬 흐릿한 쌍달 밑에서 데이트를 즐기는 것도 색다른 맛이 아닐까?

진정한 '제2의 지구'가 되려면

지구와 닮은 점들이 많다고 해서 곧바로 화성에서 살 수 있는 건 물론 아니다. 앞에서 보았듯 화성은 산소도 없고 엄청나게 추우며 기압도 훨씬 낮으니까 말이다.

하지만 그런 건 과학의 힘으로 어느 정도 변화시킬 수 있다. 지금 당장 가능한 게 아니라 이론적으로 그렇다는 거다. 자전이나 공전처럼 도저히 바꿀 수 없는 요소들이 지구와 비슷한 이상, 나머지 차이점들 (대기, 기온, 기압 등)은 언젠가는 극복할 수 있다는 이야기다. 그렇다면 화성이 정말로 '제2의 지구'가 되는 것도 허무맹랑한 꿈만은 아닐 것이다.

그 꿈은 다음과 같은 몇 개의 단계를 거쳐 이루어진다.

(1) 2030년에 인간이 유인 우주선을 타고 화성으로 간다. 그 전에 우선 달에 우주선 발사 기지를 만든다. 중력이 지구의 6분의 1인 달에서는 우주선 발사가 훨씬 쉽기 때문.(나사의 '오리온 계획'과 유럽우주국(ESA)의 '오로라 계획'에 이런 내용들이 담겨 있다.)

(2) 화성에 생활 공간, 연료 창고, 연구 시설 등을 갖춘 우주 기지를 만든다. 그 뒤부터 우주 비행사들이 수시로 지구와 화성을 오갈 수 있게 된다.

(3) 아주 오랜 세월에 걸쳐 화성의 자연환경을 서서히 바꿔 나간다.

어떤 행성의 자연조건들을 지구와 비슷하게 바꾸는 것을 '테라포밍'이라고 부른다. 화성의 테라포밍은 과연 어떻게 가능할까? 책을 덮기 전에 해답을 알려 주겠다. 기대하시라!

|1988년| 나사의 연구원이 되다

"당신이 코리아에서 온 닥터 고입니까?"

"그렇습니다. 화성 연구팀에서 일하게 된 고민중입니다."

"반갑소. 난 팀장인 허튼이오."

허튼 박사가 손을 내밀어 악수를 청했다. 영화배우처럼 멋진 턱수염을 기른 그는 최고의 두뇌들이 모인 나사에서도 첫손에 꼽히는 화성 전문가였다. 특히 화성의 생명체를 찾기 위한 연구 분야에서는 감히 따라올 사람이 없을 정도였다.

"젊어 보이는군. 몇 살이오?"

"올해 딱 서른입니다."

"그럼 58년생? 우리 조직과 똑같은 나이로군."

"알고 있습니다. 그래서인지 첫날인데도 왠지 친밀감이 느껴지는군요."

그들의 말대로 나사, 즉 미국항공우주국은 1958년에 설립된 기관이었다. 당시 치열한 경쟁 국가였던 소련이 1957년에 세계 최초의 인공위성 〈스푸트니크 1호〉를 쏘아 올렸고, 그에 자극 받은 미국이 부랴부랴 이듬해에 나사를 창설했던 것이다.

"나사의 화성 연구 역사에 대해서는 알고

미국과 소련의 우주 경쟁

옛 소련이 1957년 10월 4일 세계 최초의 인공위성 〈스푸트니크 1호〉를 발사하자 미국은 엄청난 충격에 빠졌다. 아이젠하워 대통령이 즉시 과학자들과 미군 지휘부를 비밀리에 소집했을 정도로 자존심에 상처를 입은 것. 이후 두 나라의 우주 경쟁은 한층 치열해졌다. 미국은 이듬해인 1958년 1월 31일에 첫 인공위성 〈익스플로러 1호〉를 발사했고, 7월 29일엔 나사를 설립하게 된다.

있소?"

"물론입니다. 1965년의 〈마리너 4호〉, 1971년의 〈마리너 9호〉, 1976년의 〈바이킹 1, 2호〉……."

"아, 됐소! 당연히 알고 있겠지. 미국은 비록 첫 번째 인공위성과 첫 번째 우주인의 자리를 소련에 빼앗겼지만 최소한 화성에 대해서만큼은 한 발 앞서서 가고 있소. 그중에서도 우리 팀은 그야말로 핵심 중의 핵심이지. 그걸 늘 명심하시오."

"네! 알겠습니다."

고 박사가 큰 소리로 대답했다. 허튼 박사가 고개를 끄덕이며 물었다.

"그건 그렇고, 혹시 특별히 하고 싶은 연구가 있소?"

"〈ALH84001〉에 대해 연구하고 싶습니다만……."

찌릿! 허튼 박사의 눈초리가 날카롭게 빛났다.

"4년 전에 남극의 얼음 속에서 발견된 운석 말인가?"

"네, 발견 당시엔 떠들썩했는데 그 뒤론 잠잠한 거 같아서, 제가 한 번……."

허튼 박사의 입꼬리가 슬며시 말려 올라갔다. 흐흐흐, 이 애송이가 감히! 그의 눈빛이 그렇게 말하고 있었다.

사상 최초로 화성에 접근한 〈마리너 4호〉
소련은 1960년의 〈마스 1960A〉를 시작으로 줄기차게 화성 탐사선들을 발사했지만 1973년에 〈마스 5호〉가 첫 성공을 거둘 때까지 무려 10번을 연거푸 실패했다. 미국 역시 1964년에 발사한 첫 화성 탐사선 〈마리너 3호〉는 실패로 끝났다. 하지만 3주 뒤에 두 번째로 발사한 〈마리너 4호〉가 최초로 화성 접근 및 촬영에 성공함으로써 소련의 코를 납작하게 만들었다.

"그 운석은 이미 담당자가 정해져 있으니 신경 쓰지 마시오."

"하지만 제가 들기로는 아직 창고 속에 있다고……."

"뭐라고? 누가 그런 허튼 소릴 해?"

허튼 박사가 버럭 화를 내며 몸을 돌렸다. 그러고는 몇 발짝 걸어

가다 말고 다시 몸을 돌려 싸늘한 눈빛으로 고 박사를 노려보았다.

"미리 말해 두는데, 나사에서 일하려면 두 가지를 버려야 하오. 쓸

데없는 관심, 그리고 쓸데없는 욕심! 무슨 뜻인지 알겠소?"

"……."

허튼 박사의 목소리가 음산한 울림이 되어 빈 사무실을 맴돌았다.

…… 허튼 박사가 사라진 뒤에도 내 귓가엔 계속 그의 음성이

남아 있는 것 같았다. 나사에서의 첫날은 그렇게 지나갔다.

— 고 박사의 일기 중에서(1988. 8.)

|1989년| 잇달아 사라진 우주선들

"헤이, 소식 들었나?"

고 박사의 동료인 고단 박사가 물었다.

"무슨 소식?"

"소련의 〈포보스 2호〉가 파괴되었다네."

"뭐? 2호마저?"

고 박사가 놀란 얼굴로 되물었다. 1988년 7월에 발사된 소련의 화

성 관측선 〈포보스 1호〉가 겨우 53일 만에 실종되더니 며칠 간격으

로 발사되었던 2호마저 파괴되었단 말인가!

"왜 그렇게 되었다던가?"

"모르지. 소련 쪽에서 워낙 정보를 숨기고 있으니. 얼핏 듣기로는,

화성의 위성 중 하나인 포보스에 가까이 접근하다가 알 수 없는 이

유 때문에 박살이 났다던데?"

"팀장은 뭔가 알지도 모르잖아?"

"알면 얘기해 주겠나? 머리끝에서 발끝까지 비밀 투성이인 사람

인데. 아우, 졸려라."

허튼 박사의 고함이 들려온 건 바로 그때였다.

"고단!"

이크! 고단 박사가 움찔하며 하품하던 입을 꾹 다물었다. 허튼 박사가 성난 얼굴로 이쪽으로 다가오고 있었다.

"웬 잡담이 그렇게 많아? 근무 시간에."

"죄, 죄송합니다."

"아침부터 하품이나 하고 말야."

"헤헤, 좀 고단해서……. 고 박사, 그럼 수고하게."

고단 박사가 총총히 사라진 뒤 고 박사가 진지하게 물었다.

"팀장님, 〈포보스 2호〉가 파괴된 이유가 뭡니까?"

"뭐긴 뭐야? 소련 녀석들 기술이 형편없어서 그렇지. 당연한 거 아냐?"

"마지막으로 보내온 사진이 뭐였는지는 혹시 아십니까?"

"화성 표면에 드리워진 거대한 타원형 그림자였다고 하더군. 그게 뭔지는 모르겠지만."

갑자기 허튼 박사가 서둘러 말을 멈추는 낌새가 느껴졌다. 자기가 너무 많은 이야기를 하고 있음을 뒤늦게 깨달은 걸까? 음침한 빛이 순간적으로 그의 얼굴을 스쳐 갔다.

사라진 〈포보스 1, 2호〉
포보스 우주선들은 1988년에 소련이 화성의 달 포보스를 탐사하기 위해 일주일 간격으로 발사했다. 하지만 1호는 발사 후 두 달 만에 우주 미아가 되었고, 무사히 화성까지 갔던 2호 역시 1989년 3월에 알 수 없는 이유로 사라져 버렸다. 2호는 화성 적도 부근의 사진 15장을 지구로 보냈으며, 마지막으로 보낸 사진에는 시가(굵은 담배) 모양의 크고 길쭉한 그림자가 담겨 있었다고 한다.

"아무튼 우린 우리 일만 하면 되네. 알겠나?"

"……"

늘 그렇듯, 쌩 하는 찬바람을 남기며 허튼 박사가 출입문 쪽으로 사라져 갔다.

…… 허튼 박사는 이번 사건에 대해 뭔가 석연찮은 느낌을 갖고 있는
모양이다. 사진 속의 그림자에 대해서도 왠지 말을 아끼는 것 같다.
최후의 순간에 드리워진 그 거대한 그림자의 정체는 과연 무엇이었을까?

― 고 박사의 일기 중에서(1989. 3.)

|1993년| 마스 옵저버의 미스터리

"비상사태 발생! 비상사태 발생!"

갑자기 사이렌이 울리며 주위가 소란스러워졌다. 연구원들이 당황한 얼굴로 허둥지둥 뛰어다니기 시작했다. 허튼 박사가 그중 한 명을 붙잡고 물었다.

"뭐야? 왜들 그래?"

"〈옵저버 호〉와 교신이 끊겼습니다!"

"젠장!"

허튼 박사가 얼굴을 찌푸리며 계기판을 바라보았다. 우주선과 지

구 관제소 사이의 교신 상황을 나타내는 화면에 직선 하나가 '뚜우—' 소리를 내며 길게 이어지고 있었다. 심장이 멈춘 환자의 맥박 측정기처럼.

〈마스 옵저버〉는 나사에서 오랜 준비 끝에 쏘아 올린 최첨단 우주선이었다. 거기에는 1970년대에 발사되었던 쌍둥이 우주선 〈바이킹 1, 2호〉보다 성능이 수십 배나 높은 고성능 카메라가 설치되어 있었다.

정밀한 화성 사진을 손꼽아 기다리던 사람들에게 교신 중단은 커다란 충격이었다. 특히 고 박사를 비롯한 화성 연구팀의 실망은 이만저만이 아니었다. 많은 사람들의 노력에도 불구하고 한 번 끊긴 전파는 두 번 다시 이어지지 않았다.

"대체 왜 이런 일이 생긴 거지?"

"누가 아니래."

고단 박사가 게슴츠레한 눈을 하고 말했다. 계기판 쪽으로 눈길을 돌리자 누군가와 얘기를 나누고 있는 허튼 박사의 뒷모습이 보였다. 고 박사는 뭔가 미심쩍은 느낌이 들었지만 그게 뭔지는 딱히 꼬집어 낼 수 없었다.

어수선한 가운데 시간이 흘러갔다. 일주일이 지나자 결국 나사는 〈마스 옵저버〉와의 교신을 완전히 포기했다. 10억 달러라는

바이킹 우주선들
나사가 1975년에 발사한 쌍둥이 우주선 〈바이킹 1, 2호〉는 둘 다 '궤도선＋착륙선' 구조였다. 궤도선들은 화성 주위를 돌며 탐사 활동을 했고, 착륙선들은 궤도선에서 분리되어 화성 표면에 두 달 간격으로 내려앉았다. 역사에 길이 남을 최초의 화성 착륙! 궤도선들의 활약 역시 눈부셔서 이후 4년간 약 4천500여 장의 사진들과 다양한 관측 자료들을 지구로 보내왔다.

어마어마한 액수를 투자한 우주선이 화성 궤도에 도착도 하기 전에 우주의 미아가 되어 버린 것이다.

며칠 뒤, 퇴근 준비를 하는 고 박사에게 고단이 슬며시 다가왔다.

"소식 들었나?"

"이번엔 또 뭔데?"

"원인이 밝혀졌어. 관제팀에서 〈옵저버 호〉에 실린 원격 송신 장치의 작동을 일부러 중단시켰다더군. 뭐라더라? 기계가 과열돼서 망가질까 봐 그랬다던가?"

"하지만 송신 장치는 늘 켜 놓는 게 원칙이잖아?"

"껐다가 다시 켜도 되니까 잠깐 끄라고 그랬대."

"대체 누가 그런 위험한 지시를 내린 거야?"

"누군가 하면……."

고단 박사가 주위를 둘러보더니 낮은 목소리로 말했다.

"허튼 박사래."

"뭐? 설마 그럴 리가."

"설마가 사람 잡는 법이지. 그 능구렁이가 왜 그랬을까? 곧 파면될 거라는 소문이 파다하더군."

그러나 허튼 박사는 파면되지 않았다. '교신이 영영 끊어질 줄은 몰랐다'는 어정쩡한 해명이 받아들여진 모양이었다. 그래도 당분간은 좀 풀 죽어 지낼 거라고 연구원들이

<마스 옵저버>를 둘러싼 의혹
지구와 통신하는 데 필요한 〈마스 옵저버〉의 원격 송신장치를 나사 관제팀이 꺼 놓았다는 사실이 밝혀진 뒤, 또 하나의 이상한 사실이 드러났다. 재부팅을 시키면 교신이 되살아날 가능성이 있었는데도 담당자들이 재부팅을 전혀 시도하지 않은 것. 이를 두고 '화성에 있는 뭔가를 감추기 위해 누군가 일부러 교신을 끊었다'는 의혹이 한동안 제기되었다.

입방아를 찧었지만 정작 허튼 본인은 별로 달라진 게 없어 보였다.

…… 교신이 끊겼던 날 머릿속을 맴돌던 미심쩍은 느낌의 정체를
오늘에서야 깨달았다. 그건 바로 허튼 박사의 미소였다.
계기판을 바라보던 그의 얼굴에 아주 잠깐이긴 하지만 분명히 희미한

미소가 떠올랐던 것이다. 울어도 시원찮을 순간에 미소라니!

그는 혹시 교신이 끊기길 은근히 바랐던 게 아닐까? 그리고 목적이

달성된 걸 확인하는 순간 자기도 모르게 웃었던 건 아닐까?

— 고 박사의 일기 중에서(1993. 8.)

|1993년| 비밀 연구

"그리 앉게."

허튼 박사가 턱짓으로 맞은편 의자를 가리켰다. 고 박사는 엉거주춤 자리에 앉으며 방 안을 잠깐 둘러보았다. 좀처럼 자기 연구실 출입을 허락하지 않는 허튼 박사가 무슨 일로 그를 부른 걸까?

"이게 뭔지 알겠나?"

허튼 박사가 작은 유리 상자를 탁자 위에 올려놓았다. 상자 안에는 거칠고 울퉁불퉁한 돌멩이 하나가 들어 있었다. 가로 세로가 10센티미터가 채 되지 않는 작은 돌멩이. 하지만 뭔가 깊고 까마득한 비밀을 품고 있는 듯한 검은 돌. 그것은 바로……

ALH84001!

9년 전 남극에서 발견된 바로 그 화성 운석이었다.

"이, 이건……"

고 박사의 목소리가 흥분과 호기심으로 가늘게 떨렸다.

"알아보는군. 예전에 자네가 관심 있어 하던 바로 그 운석일세. 한 번 연구해 보겠나?"

"제가 말입니까?"

모를 일이었다. 5년 전만 해도 쓸데없는 관심 갖지 말라며 냉랭하게 굴던 사람이 왜 슬그머니 연구를 맡기는 걸까?

"이 돌멩이의 나이, 성분, 특징들을 낱낱이 파헤쳐 보게. 필요한 건 얼마든지 지원해 줄 테니까. 단!"

허튼 박사가 오른손 검지를 입술에 살짝 갖다 대며 말했다.

"이 연구는 절대 비밀이야. 알겠나?"

"외부에 말입니까?"

"외부뿐 아니라 내부에서도."

"동료들에게도요?"

"물론!"

"하지만 왜 그래야 하죠?"

찌릿! 허튼 박사의 눈초리가 언젠가처럼 번뜩였다. 둘의 눈길이 허공에서 팽팽하게 맞부딪쳤다.

"내 충고를 잊은 모양이군."

"무슨 뜻이죠?"

"호기심이 너무 많다는 뜻이야."

허튼 박사가 눈길을 거두며 말했다.

"할 텐가, 말 텐가?"

〈ALH84001〉 이름에 담긴 뜻
화성 운석 〈ALH84001〉엔 왜 이런 암호 같은 이름이 붙었을까? 맨 앞의 영어는 운석이 발견된 장소를 가리킨다. 이 돌멩이가 남극의 앨런 힐스(Allan Hills)에서 발견되었기 때문에 그곳 지명의 머리글자를 따서 'ALH'라고 부르는 것이다. '84'는 운석이 발견된 해인 1984년을, '001'은 그해에 제일 처음 발견된 운석임을 나타낸다.

고 박사는 한동안 운석을 묵묵히 들여다보았다. 어쩔 수 없지! 내 오랜 꿈이었으니……. 이윽고 그가 고개를 번쩍 들었다.

"하겠습니다."

1시간 뒤. 고 박사는 낯선 승용차 안에 있었다. 본부에서 멀리 떨어진 비밀 연구실로 가는 중이었다. 이튿날 그의 행방을 묻는 연구원들에게 허튼 박사는 이렇게 얼버무렸다.

"다른 곳으로 발령이 났네. 몇 년 걸릴 거야. 어디로 갔냐고? 몰라도 돼."

…… 그 운석을 처음 보는 순간, 아주 강한 전류가 몸속으로
흘러드는 것 같았다. 동료들에게조차 비밀로 해야 하는 이유가
뭔지는 모르겠지만 어차피 때가 되면 알게 되겠지.
지금 내게 중요한 건 오직 〈ALH84001〉을 남김없이 파헤치는 것뿐이다.
- 고 박사의 일기 중에서(1993. 9.)

| 1996년 | 대발견! 그러나……

길게 늘어선 줄은 좀처럼 줄어들지 않았다. 서로 먼저 들어가려는 사람들 때문에 입구는 그야말로 북새통이었다. 나사에서 중대 발표를 한다는 소식을 듣고 몰려든 수백 명의 기자들이 넓은 회견장을

가득 메우고 있었다.

잠시 후, 소란스럽던 실내가 조용해지며 긴장 어린 침묵이 감돌았다. 화성 연구팀장 허튼 박사가 연단 위로 천천히 올라갔다.

"지금부터 운석 〈ALH84001〉 분석 결과를 발표하겠습니다."

잠시 혀로 입술을 축인 다음, 그는 다음과 같은 내용을 천천히 읽어 내려갔다.

— 〈ALH84001〉은 약 45억 년 전에 생겨난 것으로 밝혀졌습니다.

— 1천500만 년 전에 혜성이나 소행성 충돌로 인해 화성에서
떨어져 나온 걸로 보입니다.

— 수백만 년간 우주 공간을 떠돌다가 1만 3천 년 전에
지구 공전 궤도 속으로 들어왔습니다.

— 함수광물이 포함되어 있습니다.

"질문 있습니다."

기자 한 사람이 손을 번쩍 들었다. 허튼 박사가 빙긋 웃으며 고개를 끄덕였다.

"함수광물이 뭡니까?"

"물 분자를 포함한 광물이라는 뜻이오."

"그렇다면 그 얘기는……."

"그렇습니다. 화성에도 한때 물이 있었다는 겁니다."

비밀 연구
〈ALH84001〉은 실제로도 몇 년 동안 비밀리에 연구되었으며, 연구를 맡았던 나사의 과학자들은 외부는 물론이고 동료들에게도 그 사실을 숨겼다. 똑같은 나사 소속이라도 비밀 연구팀 외에는 연구를 위한 운석 표본 제공조차 허락되지 않았다고 한다. 나사의 비밀 연구가 진행된 기간은 이 책에서 고 박사가 비밀 연구를 했던 때와 똑같은 1993~1996년이다.

우아— .

실내가 온통 시끌벅적해졌다. 예전에 우주선들이 보낸 사진에서도 한때 물이 흘렀던 걸로 보이는 계곡들이 발견되긴 했지만, 그 생생한 증거가 나타난 건 처음이었던 것이다.

하지만 청중들의 놀라움은 뒤이어 발표된 내용을 들었을 때에 비하면 그야말로 '새발의 피'일 뿐이었다. 짧은 침묵 뒤에 이어진 허튼 박사의 목소리!

— 생명체의 흔적이 발견되었습니다.

모든 청중들이 약속이라도 한 것처럼 동시에 얼어붙었다.

생명체라니!

저 까마득히 먼 행성에 생명체라니!

놀라움과 충격으로 인해 눈조차 깜박거리지 않는 청중들을 여유 있게 둘러본 뒤, 허튼 박사가 몸을 빙글 돌렸다. 동시에 연단 뒤 스크린에 사진 두 장이 큼지막하게 떠올랐다.

"왼쪽 사진은 운석 〈ALH84001〉을, 오른쪽 사진은 지구의 암석을 전자 현미경으로 촬영한 것입니다. 비슷하게 생긴 뭔가가 보이죠? 구더기처럼 생긴 길쭉한 것들. 그건 다름 아닌 미생물의 화석입니다. 일종의 박테리아라고 보면 됩니다."

여전히 입을 벌리고 있는 청중들 속에서 누군가가 벌떡 일어나 질문을 던졌다.

"저게 언제 존재했던 겁니까?"

"약 36억 년 전에 화성에 살았던 미생물로 밝혀졌습니다. 크기는 5천 분의 1밀리미터로 지구 미생물의 100분의 1에 불과합니다. 아마도 화성과 지구의 환경 차이에서 비롯된 것으로 보입니다."

"미생물이 있었다면 지구에서처럼 고등생물로 진화할 수도 있는 거 아닙니까?"

"흐음, 문어를 닮은 외계인 말입니까? 또는 난쟁이 녹색 인간들?"

허튼 박사가 턱수염을 쓰다듬으며 익살스럽게 물었다.

"아니, 꼭 그런 게 아니더라도……."

"그런 증거는 전혀 없습니다. 화성은 지구가 아닙니다. 아무튼 분명한 건……."

허튼 박사는 다시 한 번 천천히 청중들을 둘러본 다음 감격스러운 얼굴로 말했다.

"드디어 지구 바깥에서 생명체의 흔적을 찾았다는 사실입니다."

"첫 발견자가 누구죠?"

허튼 박사가 쑥스러운 듯 머리를 긁적이며 대답했다.

"접니다."

우아!

요란한 함성과 함께 박수갈채가 쏟아졌다. 기자들이 앞다퉈 연단 앞으로 몰려들었

나사 국장의 한마디
〈ALH84001〉에서 미생물의 흔적이 발견되었음을 공개한 1996년 8월의 기자 회견은 전 세계를 놀라게 만들었다. "화성에 더 진화된 생물은 없는가?"라는 궁금증이 생기는 건 당연한 일. 하지만 그런 질문에 대해 당시 나사 국장이었던 대니얼 골든은 "지금 우린 난쟁이 녹색 인간들에 대해 얘기하는 게 아니다."라고 분명히 선을 그었다. 허튼의 대사는 거기에서 따온 것.

고, 카메라 플래시가 쉴 새 없이 터지기 시작했다.

　이튿날, 세계 각국의 신문과 방송들은 일제히 이 놀라운 사실을 세상에 알렸다.

　　— 나사, 화성 운석에서 생명체의 흔적 발견!
　　— 위대한 과학자 허튼 박사 집중 인터뷰!

신문을 읽는 고 박사의 손이 파르르 떨렸다.

…… 그는 처음부터 내 연구를 가로챌 계획이었던 게 분명하다.

그런데 제일 중요한 두 가지는 왜 공개하지 않았을까?

운석에서 정체불명의 낯선 금속이 발견되었다는 것,

그리고 화성에서도 지구와 비슷한 진화 과정이 있었을지 모른다는 것.

3년 동안의 연구 성과를 깡그리 빼앗긴 게 억울하지만 어쩔 수 없다.

나는 아직 풋내기 연구원에 불과하니까.

언젠가는 진실을 밝힐 기회가 오겠지.

그나마 은별이 큰 위안이 된다. 요즘 은별에게 멋진 남자친구가 생겼다.

스라모트라는 동갑내기 인디언인데 눈빛이 아주 총명하다.

장래 희망이 우주 비행사라던가?

엄마 없이 외로운 은별에게 좋은 벗이 되어 줄 것 같다.

— 고 박사의 일기 중에서(1996. 8.)

|1996년| 화성의 얼굴

휘리릭— 휘리리릭— .

수백 장의 사진들이 먼지를 피워 올리며 빠른 속도로 들춰졌다. 이건 아니고, 이것도 아니고……. 한참 동안 사진들을 뒤적이던 고 박사의 손이 어느 순간 뚝 하고 멎었다.

"역시 있었군. 설마 했었는데."

그가 꺼내 든 한 장의 사진. 붉은 땅 위에 다양한 도형들이 여기저기 흩어져 있다. 화성 표면에 올록볼록하게 솟은 암석 봉우리들의 항공 사진이다. 주변 지형으로 보아 그곳은 '얼굴'이 있다는 화성 북반구 사이도니아 지역이 분명했다.

화성의 얼굴!

그것은 1976년에 〈바이킹 1호〉 궤도선이 화성 상공에서 찍은 사진에 담긴 바위산의 이름이다. 길이 2.6킬로미터, 너비 1.9킬로미터, 높이 800미터에 이르는 그 바위산은 사람의 얼굴을 빼닮은 탓에 한동안 세계적인 화제가 되었고, 고 박사 역시 고교 시절 과학 잡지에서 그 사진을 본 적이 있었다.

이집트의 스핑크스를 연상시키는 그 거대한 얼굴은 혹시 화성인들의 작품이 아닐까? 외계에서 지구로 보내는 일종의 신호는 아닐까? 온갖 추측과 주장들이 들끓었지만 나사는 그 모든 얘기들을 한마디로 부정했다.

"그건 빛과 그림자의 장난일 뿐입니다."

당시 화성 연구팀의 신임 팀장이던 허튼 박사가 기자들에게 했던 말이다.

"1천800킬로미터 상공에서 사진을 찍으면 햇빛의 각도와 그림자의 위치에 따라 하나의 물체가 여러 가지 모양으로 보일 수 있습니다. 오랫동안 바람에 깎인 그 바위산이 유난히 울퉁불퉁해서 우연히 그렇게 보인 겁니다."

"그럼 같은 위치에서 찍은 다른 사진도 있습니까?"

"물론이오. 몇 시간 뒤에 그곳을 다시 찍었지만 얼굴 따위는 없었습니다."

그날 이후 세상의 호기심은 곧 잠잠해졌고, '화성의 얼굴'은 단지 그 바위산의 별명으로만 남게 되었다.

허튼 박사의 20년 전 얘기를 고 박사가 의심하게 된 데는 그럴 만한 이유가 있었다. 3년 만에 본부로 돌아온 그는 옛 자료들을 뒤적이다가 우연히 '화성의 얼굴' 사진을 직접 보게 되었다. 그런데 촬영 시각이 화성에서 해가 막 지기 시작할 늦은 오후 무렵이었다.

허튼 박사는 분명 몇 시간 뒤 그곳을 다시 찍었다고 했다. 하지만 그땐 이미 주위가 어둠에 잠겨서 촬영 자체가 불가능했을 시각이 아닌가. 그렇다면…… 허튼 박사는 결국 기자들을, 아니 세계를 상대로 거짓말을 했다는 이야기가 된다.

'〈바이킹 1호〉는 수많은 사진들을 찍었어. 그러니까 분명히 얼굴 사진도 더 있을 거야.'

고 박사는 〈바이킹 1호〉 궤도선이 사이도니아 상공을 통과했던 날짜와 시간들을 컴퓨터로 계산해 냈다. 그리고 그 무렵의 사진들을 꼼꼼히 확인하기 시작했다. 그리하여 오늘, 먼지 쌓인 사진 더미 속에서 제2의 사진을 찾아내기에 이르렀던 것이다.

위잉 ― . 고성능 스캐너를 통해 읽어 들인 사진이 모니터에 그 모습을 드러냈다.

착각 또는 거짓말
"빛과 그림자의 조화가 아주 신기하다. 하지만 몇 시간 뒤 그 지역을 다시 촬영했을 땐 얼굴 모습은 사라지고 없었다." 1976년 당시 나사 대변인이 기자들에게 했던 말이다. 하지만 사이도니아 지역은 몇 시간 뒤엔 이미 어둠 속에 잠겼고, 얼굴 사진을 찍었던 〈바이킹 1호〉 궤도선은 그 시각에 다른 곳(화성의 낮 지역)을 촬영하고 있었다.

"촬영 일은 첫 사진보다 35일 뒤고 태양의 높이와 빛의 각도도 전혀 달라. 허튼 박사 말대로라면 이 사진엔 얼굴 따위는 없어야 해."

사진 속의 그 바위산은 콩알처럼 작았고 몇 개의 희미한 얼룩으로 덮여 있었다. 하지만 최신 소프트웨어를 이용하여 해상도를 조금씩 높이자 얼룩들은 이내 눈, 코, 입의 모습을 서서히 갖추기 시작했다. 잠시 후, 모니터엔 어딘가 슬퍼 보이는 얼굴 하나가 선명하게 떠올랐다.

줌 인!

다시 줌 인!

한 단계씩 확대할 때마다 점점 가까이 다가오는 얼굴. 이윽고 모니터를 가득 채운 또렷한 얼굴을 보며 고 박사는 자기도 모르게 몸을 부르르 떨었다. 까마득한 시공을 사이에 두고 우주의 비밀과 마주친 것 같은 서늘한 느낌이었다.

"한 가지 더 확인할 게 남았군."

마지막 작업은 사진을 3차원 그래픽 영상으로 변환시키는 것이었다. 그러면 다른 각도에서 바라본 얼굴 모습이 모니터에 드러난다. 만일 저 얼굴이 허튼 박사의 주장대로 바람에 깎인 울퉁불퉁한 바위산이라면, 양쪽 옆에서 본 모습은 절대 똑같을 수 없을 것이다. 그러나……

"오! 신이여."

또 한 장의 사이도니아 사진
나사의 발표가 미심쩍다고 느낀 두 명의 과학자 디피에트로와 몰리나는 3년 동안의 끈질긴 추적 끝에 결국 사이도니아 지역을 담은 '제2의 사진'을 찾아냈다. 미국 메릴랜드 주의 '고더드 우주 비행센터' 문서보관실에서였다. 첫 사진보다 35일 뒤에 찍혔고 태양 고도도 훨씬 높았던 그 사진에서 얼굴은 예전보다 더욱 선명한 모습을 드러내고 있었다.

모니터에 떠오른 두 개의 영상!

왼쪽 얼굴과 오른쪽 얼굴. 그것은 마치 복사라도 한 것처럼 완전한 대칭을 이루고 있었다.

그날 밤, 고 박사는 쉬이 잠들지 못했다. 멀리서 거대한 눈동자가 자신을 뚫어져라 쏘아보고 있는 것 같았다.

…… 그것은 바위산이 아니다. 얼굴이다.

그것은 바람의 작품이 아니다. 누군가의 손길이 닿은 것이다.

그러나 누가? 언제? 어떻게?

도저히 풀 수 없는 까다로운 수학 문제를 마주한 느낌이다.

분명한 건, 빛과 그림자가 장난을 친 게 아니라

허튼 박사가 장난을 쳤다는 거다.

— 고 박사의 일기 중에서(1996. 11.)

|1997년| 사이도니아의 피라미드

"축하하네. 이젠 팀장님이라고 불러야겠군."

고단 박사가 눈을 찡긋하며 고 박사의 어깨를 두드렸다.

"하하, 별소릴 다 하는군. 아무튼 고맙네."

고 박사는 올해부터 화성 연구팀의 새로운 팀장이 되었다.

〈ALH84001〉 연구의 탁월한 공로를 인정받은 허튼 박사가 국장으로 승진했고, 고 박사가 그의 자리를 이어받은 것이다. 나사에 온 지 10년 만의 일이었다.

"그런데 팀장님, 혹시 〈D&M 피라미드〉에 대해 알고 있나?"

고 박사가 그 유명한 이름을 모를 리 없다. 그것은 화성 사이도니아 지역의 '얼굴' 근처에 있는 오각뿔 모양의 암석을 일컫는 말이다. 얼굴과 마찬가지로 그 암석 역시 인공적인 피라미드라고 주장한 사람들이 있었는데, D와 M은 그걸 처음 주장한 두 사람의 이름 머리글자를 딴 것이었다.

"물론 알고 있지. 왜?"

"어제 아들 녀석이 그 피라미드에 대해 물어보는데 뭐 아는 게 있어야 대답을 하지."

"하하, 아빠 체면이 말이 아니었겠군. 그래서 어떻게 했나?"

"고단하니 나중에 얘기해 준다고 했지."

참 재미있는 친구라니까! 고 박사는 빙그레 웃으며 〈D&M 피라미드〉에 대해 간단히 설명해 주었다.

"세상에 널리 알려진 그 피라미드의 신비는 크게 세 가지라네."

고단 박사가 수첩을 펴 들고 열심히 고 박사의 설명을 받아 적기 시작했다.

첫째, 〈D&M 피라미드〉는 다섯 개의 모서리가 선명한 오각뿔이다.
바람에 깎인 암석에서는 절대 나타날 수 없는 형상이다.

둘째, 〈D&M 피라미드〉는 '얼굴'로부터 겨우 16킬로미터
떨어져 있다. 둘 다 풍화작용에 의해 생겨난 것이라면
같은 지역에서 그렇게 전혀 다른 모양이 나타날 리 없다.

셋째, 〈D&M 피라미드〉와 얼굴은 높이가 똑같이 800미터다.
우연이라기엔 너무나 공교롭다.

"그밖에 〈D&M 피라미드〉와 얼굴 근처에 흩어져 있는 다른 암석들이 도시의 흔적이라는 주장도 있었지. 심지어 〈D&M 피라미드〉 아래쪽에 출입구가 있다는 말까지 떠돈 적이 있었다네. 썩 믿기지는 않지만, 아무튼 사이도니아가 여러모로 신기한 지역인 건 분명해."

"거 참 이상하네."

고단 박사가 졸린 눈을 끔벅거리며 말했다.

"뭐가?"

"왜 우주선을 그곳에 착륙시키지 않는 거지? 그러면 모든 궁금증이 한꺼번에 풀릴 거 아냐."

"……!"

한 줄기 섬광이 고 박사의 뇌리를 스치고 지나갔다. 고단의 말을

듣는 순간, 언젠가 어느 동료가 했던 이야기 한 토막이 문득 생각났던 것이다.

'우주선의 착륙 지점을 정하는 건 아주 복잡하고 어려운 일이야. 예전에 〈바이킹 2호〉 착륙선도 마지막 순간에 착륙 지점이 갑자기 바뀌었거든.'

〈바이킹 2호〉가 화성에 착륙한 건 〈바이킹 1호〉의 얼굴 사진이 논란을 일으키던 바로 그 무렵이다. 그렇다면 나사에서는 의혹을 풀기 위해서라도 〈바이킹 2호〉의 사이도니아 착륙을 한번쯤 검토해 보았을 것이다. 하지만 〈바이킹 2호〉의 착륙 지점은 사이도니아에서 수천 킬로미터나 떨어진 곳이었다.

혹시 사이도니아 착륙을 계획했다가 나중에 취소한 게 아닐까? 〈D&M 피라미드〉와 얼굴의 참모습을 밝히라는 요구가 누군가에 의해 묵살된 건 아닐까? 착륙 지점이 갑자기 바뀐 데는 그런 이유가 숨어 있었던 게 아닐까?

"뭘 그리 생각하나? 아무튼 고맙네. 난 아들 녀석에게 전화나 해야겠군."

헤이, 아들! 잘 들어. 그 피라미드는 말야……. 떠들썩하게 설명을 늘어놓는 고단을 뒤로하고 고 박사는 즉시 컴퓨터로 달려갔다. 그러고는 바이킹 우주선들에 대한 기록을 조회하기 시작했다.

〈바이킹 2호〉의 착륙지
원래 〈바이킹 1호〉 궤도선이 사이도니아 지역을 촬영한 건 2호 착륙선의 착륙 지점을 고르기 위해서였다. 즉, 사이도니아가 착륙 후보 지역들 중 하나였다는 뜻이다. 「코스모스」라는 책으로 유명한 세계적 우주과학자 칼 세이건 박사는 당시 이렇게 말했다. "……여러 과학자들의 요구에 따라 북위 44도 사이도니아 지역이 〈바이킹 2호〉의 가장 적합한 착륙 후보지로 선정되었다."

"여기 있군. 1976년 8월. 〈바이킹 2호〉 착륙 지점 결정을 위한 회의자료."

한줄 한줄 읽어 내려가던 고 박사의 눈길이 한 곳에 멎었다. 거기엔 당시 연구원들이 제출했던 착륙 후보지의 이름이 또렷하게 찍혀 있었다.

사이도니아(Cydonia).

역시 그랬군! 연구원들은 사이도니아 착륙을 원했어. 그런데 그게 왜, 누구에 의해서 바뀌었던 걸까? 바로 몇 줄 밑에 해답이 있었다.

착륙 지점 변경 요청 :

사이도니아의 위치는 북위 44도임.

그렇게 위도가 높은 곳은 레이더 확인이 쉽지 않음.

따라서 사이도니아에 착륙할 경우 실패 위험이 매우 높음.

다른 지역으로 즉시 변경해야 함.

— 화성 연구팀장 허튼

"으음! 이번에도 허튼이란 말인가?"

잠시 넋을 놓고 있던 고 박사가 다른 기록들을 검색하기 시작했다. 사이도니아 대신 착륙 지점으로 결정되었던 '유토피아 평원'에 대해 알아보기 위해서였다.

"어쩌면 허튼 박사의 판단이 옳았을지도 몰라. 팀장이라면 당연히 우주선의 안전을 제일 먼저 따져야 하니까. 만일 유토피아 평원이 사이도니아보다 착륙에 유리했다면, 적어도 이 문제에 대해서만큼은 그를 비난할 수 없겠지."

그러나 검색 결과는 보기 좋게 빗나갔다. 잠시 후 모니터에 떠오른 내용은 이런 것이었다.

1976년 9월 3일.

〈바이킹 2호〉 착륙선, 화성 북위 47.7도 유토피아

화성의 사하라 사막

과학자들이 〈바이킹 2호〉의 사이도니아 착륙을 원했던 건 그곳에서 물과 생명체의 흔적을 찾을 가능성이 높다는 판단 때문이었다. 하지만 '얼굴'을 둘러싼 논란이 확대되자 나사는 우주선의 착륙이나 교신에 훨씬 불리한 유토피아 평원을 착륙지로 최종 결정했다. 이를 두고 어느 과학자는 "지구의 숱한 곳들을 다 마다하고 기껏 사하라 사막에 내려앉은 꼴"이라고 비유하기도 했다.

평원에 착륙.

암석이 잔뜩 깔려 있어 착륙이 매우 어려웠으며,

착륙 도중 우주선이 뒤집힐 뻔했음.

이후 착륙 지점 선택에 신중함이 요구됨.

"맙소사!"

사이도니아가 고위도 지역이라 실패 위험이 크다면서 그보다 더 위도가 높은 곳에 착륙했다니! 그것도 울퉁불퉁한 돌밭 위에. 어떻게 이런 얼빠진 결정을 내릴 수 있단 말인가.

고 박사의 머릿속에 거대한 회오리가 몰아치기 시작했다.

…… 허튼 박사는 화성이 지구에 알려지는 걸 원치 않는다.

화성의 실체를 밝히느니 차라리 우주선과의 교신을 끊거나

돌밭에 팽개치는 게 낫다고 생각하는 모양이다.

하지만 왜? 무엇 때문에?

— 고 박사의 일기 중에서(1997. 1.)

|1997년| 멈춰 버린 소저너

"만세! 드디어 〈패스파인더 호〉가 착륙에 성공했다."

"〈소저너〉! 이젠 너만 믿는다."

함성과 박수 소리가 사무실을 뒤흔들었다. 〈마스 패스파인더〉의 화성 착륙 성공을 기뻐하는 나사의 연구원들이었다.

나사는 몇 년 전의 〈마스 옵저버〉 사건 이후 오랜 준비를 거쳐 1996년 말에 두 대의 우주선을 잇달아 쏘아 올렸다. 하나는 11월에 발사한 궤도선 〈마스 글로벌 서베이어〉, 또 하나는 12월에 발사한 착륙선 〈마스 패스파인더〉였다.

〈마스 글로벌 서베이어〉의 임무는 궤도를 돌며 화성 전역을 촬영하여 정밀한 지형도를 만드는 것이었다. 이와 달리 〈마스 패스파인더〉는 화성의 토양 성분을 분석하는 임무를 띠고 있었다. 착륙 즉시 바퀴 달린 작은 로봇 〈소저너〉가 우주선 밖으로 나가서 주위의 흙과 암석을 조사할 예정이었다.

다행히 이번엔 모든 게 순조로웠다. 그리하여 오늘, 〈마스 패스파인더〉가 반년이 넘는 오랜 비행 끝에 화성 북반구의 아레스 계곡에 무사히 내려앉기에 이른 것이다. 이번 착륙은 미국의 독립기념일인 7월 4일에 맞춰 이루어진 환상적인 이벤트이기도 했다.

지이잉!

〈소저너〉가 드디어 우주선 밖으로 나와 천천히 움직이기 시작했다. 겨우 초속 1센티미터의 느린 속도였지만 인류가 화성의 붉은 땅 위에 처음으로 바퀴 자국을 새기는 감동적인 순간이었다. 박수와 환호로 떠들썩한 지구! 하지만 그 시간은 그리 길지 않았다.

6일 뒤인 7월 10일.

"앗! 왜 멈췄지?"

"비상! 〈소저너〉가 전진을 중단했다."

"뭐야, 대체 뭐가 가로막은 거야?"

허망한 결말이었다. 〈소저너〉가 커다란 바위에 가로막혀 그만 오도 가도 못하는 신세가 되고 말았던 것이다. 〈마스 패스파인더〉와 바위 사이의 거리는 겨우 10미터 남짓. 그동안 공들인 노력에 비하면 너무나 짧은 거리였다.

"돌덩이 하나 때문에 일을 망치다니."

"착륙 지점에 문제가 있었던 거 아냐?"

연구원들이 허탈한 얼굴로 얘기를 주고받았다. 개중에는 눈물까지 글썽이는 사람도 있었지만 지구에서의 눈물로는 화성의 바윗덩어리를 움직일 수 없었다.

〈소저너〉는 사흘 뒤 가까스로 바위에서 벗어났다. 하지만 〈마스 패스파인더〉의 잦은 통신 장애로 인해 탐사는 두 달 만에 종지부를 찍었고, 〈소저너〉는 보호자 없는 꼬마 신세가 되고 말았다.

얼마 후, 화성 궤도에 들어선 〈마스 글로벌 서베이어〉가 사진을 전송하기 시작했다. 그중에는 많은 사람들이 궁금해하던 사이도니아의 얼굴 사진도 포함되어 있었다.

따개비와 요기

〈소저너〉는 바퀴를 이용해 화성 토양을 분석했다. 5개의 바퀴를 고정시키고 나머지 1개만 앞뒤로 움직여 땅이 파인 정도와 흙 알갱이들의 변화를 파악한 것. 이동 중 마주친 첫 바위는 따개비가 달라붙은 것처럼 울퉁불퉁해서 '바너클 빌'이라는 별명이 붙었다. 바너클(barnacle)은 따개비라는 뜻이다. 〈소저너〉를 가로막은 바위의 별명은 만화 주인공 이름인 '요기'였다.

사진 속 모습은 예전과는 약간 달라 보였다. 여기저기가 뭉개지고 변형된 희미한 영상. 그러나 고 박사의 눈에 비친 그것은 여전히 얼굴이었다. 오랜 기다림에 지쳐 일그러진 얼굴 하나가 우주 어딘가를 말없이 바라보고 있었다.

…… 〈소저너〉는 단지 운이 없었던 것일까?

〈마스 글로벌 서베이어〉의 얼굴 사진은 과연 원판 그대로일까?

이제 나는 모든 게 의심스럽다. 허튼 박사는 여러 후보 지역들 중

아레스 계곡을 〈마스 패스파인더〉의 착륙지로 정했다.

왜 거기였을까? 혹시 내가 모르는 어떤 의미가 숨어 있는 건 아닐까?

— 고 박사의 일기 중에서 (1997. 9.)

|1999년| 거듭되는 실패

"또 끊어졌단 말인가?"

"그, 그렇습니다."

허튼 박사의 질문을 받은 연구원이 안절부절못하며 대답했다. 다른 연구원들도 하나같이 침울한 얼굴로 고개를 떨구고 있었다.

지난해 말에 발사된 화성 기후 탐사선 〈마스 클라이미트 오비터〉가 화성 궤도에 진입한 건 오늘 아침 9시였다. 그때까지만 해도 순

조롭던 교신은 그러나 겨우 1분쯤 뒤에 끊어졌고, 아무리 기다려도 더 이상 이어지지 않았다.

〈마스 옵저버〉의 실종과 〈소저너〉의 시련에 이은 또 한 번의 실패! 더욱 놀라운 건 얼마 후에 밝혀진 실패의 원인이었다.

"그게 말이 돼? 거리 측정 단위가 서로 달랐다는 게?"

"정말이라니까. 나도 깜짝 놀랐다고."

고단 박사가 전해 준 얘기는 너무나 황당했다. 나사에서는 '미터'로 계산된 비행 지시를 보냈는데, 우주선 컴퓨터가 그걸 '피트(1피트는 30.48센티미터)'로 받아들였다는 것이다. 그러다 보니 계산에 심각한 오차가 생겼고, 결국 우주선은 원래 계획되었던 화성 상공 150킬로미터보다 훨씬 낮은 곳에서 궤도에 들어섰다는 것이었다.

"그럼 곧장 폭발해 버렸겠군."

"당연하지. 그렇게 낮은 궤도에선 대기권의 압력과 마찰을 견딜 수 없으니까."

고 박사는 문득 허튼 박사의 표정이 몹시 궁금해졌다. 1999년 9월 23일의 일이었다.

몇 달 뒤인 12월 3일. 이번엔 지난 1월에 쏘아 올린 화성 극지 착륙선 〈마스 폴라 랜더〉가 사라졌다. 우주선에 실려 있던 초소형 탐사선 〈딥 스페이스 2호〉 역시 우주 미아가 되었다. 화성 표면을 60센티미터가량

사상 최악의 실수
〈마스 클라이미트 오비터〉의 '미터법 착오'는 미국은 물론이고 인류 전체의 우주 탐사 역사에서 가장 어이없는 실수로 꼽힌다. 〈마스 폴라 랜더〉는 우주선 소프트웨어가 하강 때의 진동을 착륙 때의 진동으로 착각해서 하강용 엔진을 너무 일찍 분리하는 바람에 추락한 것으로 추측되지만 확인은 불가능하다. 또한 이상하게 단 한 조각의 파편도 발견되지 않았다.

뚫고 들어가 사상 최초로 화성의 땅속을 관찰할 예정이었는데, 모든 게 물거품이 되어 버린 것이다.

올해에만 벌써 두 번째! 20세기의 마지막 탐사선마저 잃어버린 나사 연구원들의 심정은 더할 수 없이 참담했다. 지구촌 전체를 들뜨게 했던 새천년의 설렘도 그들에겐 남의 이야기일 뿐이었다.

이번 실패의 원인은 분명하지 않았다. 소프트웨어에 문제가 있었으리라는 추측이 막연하게 떠돌 뿐이었다.

나사는 2년째 화성 궤도를 돌고 있는 〈마스 글로벌 서베이어〉의 카메라로 〈마스 폴라 랜더〉의 잔해라도 찾으려 했지만 한번 사라진 우주선은 다시 발견되지 않았다.

20세기가 차츰 저물어 갔다.

〈마스 글로벌 서베이어〉의 활약
〈마스 글로벌 서베이어〉는 1997년 9월부터 화성 주위를 돌며 예전의 바이킹 우주선들보다 해상도가 10배나 높은 사진들을 지구로 보내왔다. 특히 화성 표면의 높낮이 차이를 섬세하게 조사한 덕분에 예전보다 훨씬 정교한 화성 지도 제작이 가능해졌다. 이 우주선의 임무가 끝난 건 발사 10년 만인 2006년 11월 5일. 그 날 지구와의 교신이 끊겼다.

…… 설령 처음엔 피트를 사용하도록 프로그램이 입력되었더라도 발사 전 여러 번의 시뮬레이션에서 나사가 그걸 몰랐을 리 없다. 〈마스 폴라 랜더〉의 소프트웨어 오류 역시 미심쩍긴 마찬가지다.

이 모든 일들의 최종 책임자는 오직 한 사람, 허튼! 아! 모르겠다. 분명한 건, 허튼이 너무나 무서운 인물이라는 것뿐.

— 고 박사의 일기 중에서 (1999. 12.)

|1999년| 로웰의 메모를 발견하다

"뜻밖이로군. 이런 걸 발견하다니."

고 박사가 신기한 눈빛으로 손에 든 물건을 내려다보았다. 이곳은 하버드대학교 중앙도서관의 고문서 자료실. 낡고 곰팡내 나는 옛날 책과 종이들이 산더미처럼 쌓여 있는 곳이다.

조금 전 고 박사는 낡고 오래된 한 권의 책을 발견했다. 『고요한 아침의 나라 조선』이라는 친숙한 제목 밑에는 이런 이름이 적혀 있었다.

Percival Lowell (퍼시벌 로웰).

로웰이라면 화성 연구의 선구자로 통하는 유명한 천문학자 아닌가. 19세기 말에서 20세기 초에 걸친 20여 년 동안 다양한 발견과 주장을 통해 인류의 화성 연구에 불을 지폈던 사람. 숱한 업적의 산실이었던 로웰 천문대의 설립자. 그가 한국에 관한 책을 썼을 줄이야!

고 박사가 도서관에 온 건 화성에 대한 옛 사람들의 생각을 알아보기 위해서였다. 화

로웰 천문대가 키워 낸 인재들
로웰 천문대는 숱한 천문학자들을 키워 낸 인재의 산실이었다. 그중 한 명인 슬라이퍼는 1914년에 자기가 직접 만든 분광기(빛이나 전자파를 파장에 따라 스펙트럼 분석하여 그 세기와 파장을 측정하는 장치)를 대형 망원경에 설치하여 우주가 팽창하고 있음을 최초로 알아냈다. 로웰 사망 후 명왕성을 발견했던 톰보 역시 로웰 천문대 출신이다.

성엔 어쩌면 현대 과학이 놓치고 있는 신비로운 구석이 있을지도 모른다는 생각이 들었기 때문이다. 그런데 뜻하지 않게 화성 연구의 대선배이자 대학 선배이기도 한 로웰의 저서를 발견한 것이다.

"부끄럽군. 한국인이면서도 이런 책의 존재를 여태껏 몰랐으니. 아무튼 모교에 와서 선배의 책을 발견했으니, 이것도 인연이라면 인연인 셈인가?"

고 박사가 흥미로운 눈길로 책장을 이리저리 넘기고 있을 때였다.

팔랑— .

책갈피에서 뭔가 쑥 빠지더니 바닥으로 우쭐우쭐 떨어져 내렸다. 고 박사가 허리를 굽혀 그것을 조심스레 주워 올렸다. 심하게 바랜 한 장의 흑백 사진이었다.

"가만! 이건?"

사진을 들여다보던 고 박사의 눈이 놀라움으로 부풀어 올랐다. 아주 정밀한 태양계 그림과 낙서처럼 보이는 꼬불꼬불한 문자들! 그건 옛사람들이 종이 대신 사용한 '점토판 문서'였던 것이다.

생김새로 봐서 쐐기문자가 분명한데 태양계 그림이라니? 그럼 코페르니쿠스의 지동설보다 수천 년이나 앞선 시대에 고도의 천문학 지식을 갖춘 문명이 있었단 말인가? 그렇다면 이건 그야말로 역사를 뒤바꿀 엄청난 발견인데?

로웰이 쓴 화성 책 『Mars』
로웰은 1894년에 『Mars(화성)』이라는 책을 펴냈다. 화성 운하가 문명을 지닌 생명체에 의해 만들어졌다는 것, 운하는 남북극 극관에서 건조한 지역으로 물을 운반하는 역할을 한다는 것, 화성 곳곳에서 발견되는 짙고 넓은 지역들은 화성인들이 많이 모여 사는 '인구 밀집 지대'로서 녹색의 숲으로 덮여 있다는 것 등이 그 책의 주요 내용이었다.

로웰은 이 점토판을 대체 어디서 구한 거지? 그리고 왜 세상에 공개하지 않은 거지?

"뒷면에 메모가 있군."

로웰이 남긴 글을 읽던 고 박사의 얼굴에서 순식간에 핏기가 싹 가셨다. 화성인이라니! 그렇다면 점토판에 담긴 게 화성의 생명체와 문명에 관한 얘기란 말인가?

누가 읽어도 코웃음을 칠 것만 같은 100년 전의 메모! 그러나 사진 속 태양계 그림은 그게 결코 허황된 얘기만은 아님을 뚜렷이 보여주고 있었다.

"아무래도 심상치 않군. 찬찬히 살펴봐야겠어."

고 박사는 사진을 다시 책갈피에 끼워 넣었다. 그러고는 주위를 힐끔 둘러본 뒤 책을 옷자락 속에 몰래 숨기고 서둘러 도서관을 빠져나왔다.

19세기를 살았던 선구자의 메모는 이렇게 해서 20세기 과학자의 품으로 들어왔다.

이제 며칠만 있으면 21세기였다.

…… 모르겠다! 점토판의 의미도, 그리고 메모의 의미도.

분명한 건 그 속에 아주 엄청난 비밀이 담겨 있다는 것.

내 삶이 뭔가 거대한 소용돌이 속으로 휘말려 들어가는 느낌이다.

— 고 박사의 일기 중에서(1999. 12.)

| 2000년 | 아빠와 딸

"뭘 그렇게 열심히 보고 계세요? 일요일 아침부터."

찻잔을 책상 위에 내려놓으며 은별이 명랑한 목소리로 물었다. 코흘리개 때 아빠와 단둘이 미국으로 건너왔던 은별은 어느새 훌쩍 자라 이젠 제법 숙녀티가 나는 여고생이 되어 있었다. 고 박사가 로웰의 책을 덮으며 빙그레 웃었다.

"이거? 얼마 전에 도서관에서 훔쳤…… 아, 아니! 빌려 온 거야."

"이렇게 낡은 책을요?"

갸웃하며 책을 내려다보던 은별이 눈을 가늘게 뜨고 거기 적힌 이름을 읽었다.

"로웰? 누구예요?"

"그런 사람이 있어. 그나저나, 너도 내년엔 고3이 되는데 대학은 무슨 학과를 지망할 생각이지?"

"아직 잘 모르겠어요. 근데 책갈피에 뭐가 있네요?"

책을 펼치고 사진을 꺼낸 은별은 눈을 빛내며 한참 동안 그걸 들여다보았다. 호기심이 가득 서린 생기 있는 눈이었다.

"무슨 뜻인지 알겠니?"

"그걸 알면 천재게요. 아빠 알아요?"

"그걸 알면 고고학자게?"

"피! 척척박사인 척하시더니……."

은별이 쫑알거리며 사진을 다시 살펴본 뒤 건네주었다.

"태양계 그림이 있네요. 혹시 어린이용 그

미국의 마리너 우주선들
미국은 1964년부터 6번에 걸쳐 '마리너' 우주선들을 화성으로 보냈다. 그중 3호와 8호는 실패했고 4, 6, 7, 9호는 성공했다. 〈마리너 4호〉(1964)는 화성 상공 1만 킬로미터에 접근하여 수많은 크레이터(운석 충돌 등으로 인해 움푹 파인 구덩이)들의 사진을 보내왔다. 1969년엔 6, 7호가 3천400킬로미터까지 접근했고, 1971년엔 9호가 1천285킬로미터까지 접근하여 인공위성처럼 화성 주위를 도는 데 성공했다.

림책이었을까요?"

"하하, 그럴듯한 상상인데?"

웃으며 은별을 바라보는 고 박사에게 문득 오래된 기억 하나가 떠올랐다.

"너 혹시 옛날 엄마랑 살던 동네 기억 나니? 돌산에 커다란 바위가 하나 있었는데 네가 그 밑에서 날이 저물 때까지 그림책을 보곤 했잖아."

"바위요?"

"응. 요렇게 생긴 그림이 새겨진 바위였는데."

고 박사가 손으로 제 코끝을 밀어 올려 들창코를 만들며 말했다.

"아뇨. 그땐 어렸는걸 뭐."

하긴, 그때 일을 여태 기억할 리가 없지. 고 박사는 커피를 마시며 잠시 추억에 젖었다. 그러고는 은별과 함께 휴일을 즐기기 위해 외출 준비를 서둘렀다.

며칠 후, 은별이 고 박사에게 말했다.

"아빠, 가고 싶은 학과가 생겼어요."

"그래? 무슨 학과인데?"

"고고학과요."

"와, 근사한걸. 그런데 왜?"

"지난번 그 사진, 무슨 뜻인지 해석해 보고 싶어서요. 어차피 아빠 이제 고고학자가 되긴 틀렸잖아요? 그러니까 나라도 돼야

소련의 마스 우주선들
소련 역시 포보스 우주선들에 앞서 총 11대의 '마스' 우주선들을 화성으로 보냈지만 성공한 건 1973년의 〈마스 5호〉뿐이었다. 1972년에 〈마스 2호〉는 화성의 모래폭풍으로 인해 착륙에 실패한 채 추락했고, 열흘 뒤엔 〈마스 3호〉마저 착륙 도중 20초 동안 텅 빈 화면만 보내온 채 추락했다. 그나마 화성에 최초로 지구의 '물체'를 남겼다는 게 위안이라면 위안일까?

죠. 나중에 읽어 드릴게요."

"아이고, 요 이쁜 녀석!"

고 박사는 환하게 웃으며 은별을 따뜻이 안아 주었다.

　…… 은별이 고고학자가 되어 점토판을 읽어 준다니

상상만으로도 흐뭇하다. 하지만 미안하다, 은별아.

그때까지는 못 기다린다.

아빠는 하루라도 빨리 내 힘으로 그걸 해석하고 싶단다.

― 고 박사의 일기 중에서 (2000. 5.)

|2001년| 허튼 박사의 비밀 통화

"이봐, 자네 지금 뭘 하고 있나?"

허튼 박사가 어리둥절한 얼굴로 물었다. 고 박사의 책상 위에 잔뜩 쌓여 있는 낯선 책들을 보면서 하는 얘기였다. 『문자의 역사』, 『고대 문자의 7가지 특징』, 『점토판 문서 입문』, 『쐐기 문자, 이렇게 하면 금방 읽을 수 있다』 등등.

"화성 연구에 이런 책들이 왜 필요해?"

"저…… 논문을 하나 쓸 계획인데, 거기에 필요한 책들입니다."

"무슨 논문?"

끙! 뭐라고 말하지? 난감해진 고 박사가 생각나는 대로 얼기설기 넘겨 말했다.

"에, 그러니까, 『점토판 문서 속에 나타난 고대 인류의 화성관에 대한 21세기적 재해석을 위한 우주과학적 연구 방법론』이라는 논문입니다만……."

"……?"

허튼 박사의 얼굴이 한층 더 어리둥절해졌다. 고 박사는 제목을 한 번 더 얘기해 보라고 할까 봐 가슴이 조마조마했지만, 다행히 허튼 박사는 그런 난처한 요구는 하지 않았다. 단지 못마땅한 눈빛으로 늘 하던 식의 잔소리를 했을 뿐이었다.

"뭔지는 모르겠지만, 아무튼 근무에 지장이 없도록 하게."

"네."

흠! 허튼 박사가 헛기침을 하며 자리를 떠났다. 하지만 그날 이후 고 박사를 보는 그의 눈에는 뭔가 수상쩍다는 의심이 조금씩 깃들기 시작했다.

며칠 뒤. 고 박사가 업무에 필요한 서류를 찾기 위해 나사의 문서 자료실에 막 들어섰을 때였다. 빽빽하게 늘어선 책장 뒤쪽에서 누군가의 말소리가 조그맣게 들려왔다.

대부분의 자료들이 전산화되어 있기 때문에 요즘엔 드나드는 사람이 별로 없는 문서자료실. 그 구석에서 은밀하게 통화를 하고 있는 사람은 대체 누굴까? 고 박사의 뇌리에 직감적으로 어떤 이름 하나가 떠올랐다.

살금살금! 이윽고 또렷하게 들려오는 목소리.

"분명히 올림푸스 화산 상공이었단 말이오?"

아니나 다를까! 허튼 박사였다.

그런데 올림푸스 화산이라면? 화성에 있는, 태양계에서 가장 높은 산이 아닌가. 그 이름이 왜 튀어나오는 거지?

"충이나 대접근 때마다 어김없이 포착된다 이거지?"

'충'은 26개월마다 태양-지구-화성이 일직선을 이루며 두 행성이 서로 가까워지는 때를 말한다. 그중에서도 15~17년에 한 번씩 유난히 가까워지는 때가 바로 '대접근'이다. 그런데 대체 뭐가 포착된다는 걸까?

"좋아. 아주 흥미롭소. 역시 세티(SETI)의 베테랑답게 내 기대를 저버리지 않는군."

세티는 우주로부터 날아오는 전파를 수신하고 분석하여 외계 생명체가 지구로 보내는 신호를 찾아내는 프로그램이다. 혹시 그쪽 사람들이 화성에서 쏘아 보낸 전파를 잡아낸 걸까? 그리고 그 발신지가 올림푸스 화산이었다는 걸까? 그렇다면…….

고 박사의 머릿속이 걷잡을 수 없이 헝클어지기 시작했다. 쿵쿵쿵쿵! 심장 소리가 귓가에 북소리처럼 또렷이 들려왔다.

"나는 사이도니아를 염두에 두고 있었는

세티(SETI) 프로그램의 기원
전파를 통해 외계의 지적 생명체를 찾아내는 세티(Search for Extra-Terrestrial Intelligence) 프로그램은 1960년 미국에서 시작되었다. 우주에 존재하는 외계 문명의 수를 수학적으로 예측하는 '우주문명 방정식'으로 유명한 프랭크 드레이크 박사가 지구 근처의 별들을 전파 영역에서 탐사한 '오즈마 계획'이 그 출발점이며, 이후 많은 사람들이 동참했다.

데 올림푸스라니 뜻밖이로군. 어쨌든 수고했소. 계속 추적해 주시오. 비밀을 지키는 걸 잊지 말고. CIA(미국중앙정보국)와 펜타곤(미국국방부) 쪽엔 내가 연락하겠소."

헉!

고 박사는 그만 자기도 모르게 기침을 내뱉을 뻔했다.

상황은 명확했다. 허튼 박사는 진작부터 사이도니아를 눈여겨보고 있었던 것이다. 그래서 우주선을 포기하면서까지 사람들의 관심을 차단하려 애써 왔던 것이다. 실로 놀랍도록 교활하면서도 치밀한 인물이 아닐 수 없었다. 게다가 CIA와 펜타곤에까지 비밀리에 끈을 대고 있었다니!

하지만 놀라고만 있을 상황이 아니었다. 허튼 박사는 곧 전화를 끊을 것이고, 그 전에 빨리 이 자리를 떠나야 한다.

연구실로 돌아온 고 박사는 뛰는 가슴을 진정시키기 위해 한동안 눈을 감고 심호흡을 했다. 아까 들었던 이야기들의 의미를 하나하나 정리해 보려면 꽤 긴 시간이 필요할 것 같았다.

잠시 후, 허튼 박사가 상기된 얼굴로 연구실 문을 열고 들어섰다.

…… 도무지 갈피를 잡을 수가 없다.

그들 말대로라면 분명 화성엔 전파를 쏠 능력이 있는

누군가가 존재한다는 이야기가 된다.

로웰이 메모에서 암시하고 있는 것들이

진정 사실이란 말인가?

두렵다! 대체 저 붉은 행성에 어떤 비밀이

숨어 있는 것인가!

허튼 일당의 꿍꿍이는 또 뭘까?

하루빨리 점토판의 비밀을 풀고 싶다는

생각뿐이다.

― 고 박사의 일기 중에서(2001. 6.)

세티를 지원했던 나사

세티(SETI)에 대한 관심이 날로 높아지자 나사는 1971년부터 자금을 지원했다. 이후 "100억 달러를 들여 지구 곳곳에 1천500개의 대형 전파 망원경을 설치한다."는 내용의 「사이클롭스 보고서」가 작성되었지만 실제로 이루어지진 않았다. 1994년에 미국 의회가 성공 가능성이 낮다는 이유로 나사의 세티 지원금 예산을 거부한 이후, 세티는 민간 차원에서만 진행되고 있다.

|2002년| 풀리기 시작한 점토판의 기록

"우…… 리…… 는! 하하하, 우리는!"

고 박사의 얼굴에 놀라움과 기쁨이 동시에 떠올랐다. 더듬거리며 읽어 낸 세 글자! 드디어 점토판의 첫 대목을 읽는 데 성공한 것이다. 은별이 곁에 없는 게 아쉬웠다. 대학에 다니느라 집을 떠나 있지만 않았다면 마음껏 자랑할 수 있었을 텐데.

"이제 느리더라도 조금씩은 읽을 수 있겠어."

스캐너를 통해 사진 속 문자들을 컴퓨터 모니터에 띄워 놓고, 고 박사는 온갖 책들을 뒤적여 가며 한 글자씩 점토판을 읽어 나갔다. 남들이 보건 말건 상관없었다. 어차피 그게 뭔지 아무도 모를 테니까. 누가 물어보면 논문 준비를 한다고 둘러대면 그만이었다.

하루, 이틀, 사흘……. 그러나 시간이 갈수록 그의 얼굴엔 기쁨보다는 충격과 근심의 빛이 늘어 가기 시작했다.

그렇게 몇 달이 흘렀다.

"이럴 수가! 정녕 이게 사실이라면……."

고 박사의 얼굴이 백지처럼 창백하게 변했다. 드디어 마지막 한 줄만 빼고 점토판을 모두 읽어 냈던 것이다.

하지만 기쁘거나 후련한 마음은 전혀 들지 않았다. 너무나도 놀라운 내용 앞에서 그는 다만 고통스럽게 침묵할 뿐이었다. 마치 그 옛날의 로웰처럼.

"자네! 그 논문 아직도 못 끝냈나?"

짜증스럽게 쏘아붙이며 다가오던 허튼 박사의 눈길이 문득 모니터 위에 멎었다. 이게 대체 무슨 꼬부랑글씨야? 허튼이 의심스런 눈으로 모니터와 고 박사를 번갈아 바라보았다.

"거의 다 끝났습니다. 이제 한 줄만 더 쓰면 됩니다."

"그래?"

힐끔거리며 되돌아가는 허튼 박사의 눈빛이 예사롭지 않았다.

그날 밤.

모두들 퇴근한 텅 빈 연구실에 허튼 박사와 낯선 남자 둘이 앉아 있었다. 뚱뚱한 백인과 껑충한 흑인. 희귀한 흑백 쌍둥이 레옹 형제였다.

"잘 들었지? 자네들은 내일부터 겉으로는 나사의 청소 직원일세. 하지만 실제로는 그 자를 밤낮으로 감시하는 역할을 맡는 거야."

"알겠습니다."

둘이 쌍둥이답게 한목소리로 대답했다.

호호호, 고민중! 컴퓨터 로그 기록을 보니 사이도니아에 관한 자료를 처음부터 끝까지 안 찾아본 게 없더군. 게다가 그 괴상한 문자들이라니! 뭔가 대단한 정보를 알아낸 게 분명해.

하지만 어림없지! 화성의 모든 비밀은 오

기술의 차이! 엇갈린 운명!
1972년, 미국의 〈마리너 9호〉와 소련의 〈마스 2, 3호〉는 똑같은 시기에 화성에 도착했다. 그런데 왜 미국은 성공하고 소련은 실패했을까? 원인은 기술의 차이! 미국 우주선은 상황에 따라 프로그램 변경이 가능했기 때문에 모래폭풍이 멈출 때까지 착륙을 늦출 수 있었다. 하지만 그런 기술이 없던 소련 우주선들은 강력한 모래폭풍 속에서 착륙을 시도하다가 추락해 버렸다.

직 나를 통해서만 밝혀져야 해. 나 이외에 다른 사람이 나서는 건 결코 용납할 수 없어.

허튼 박사의 두 눈에 섬뜩하게 불그죽죽한 핏발이 서렸다.

…… 감시의 눈길이 곳곳에서 느껴진다.

내 컴퓨터를 해킹하는 건 물론이고, 심지어 휴지통마저 뒤진

흔적이 있을 정도. 레옹 형제가 좀 어리숙한 게 그나마 다행이지만.

허튼 박사는 점토판 사진 파일을 이미 손에 넣었겠지.

다행히 파일에 태양계 그림이나 로웰의 메모는 없지만,

그가 의심을 품은 이상 문자들이 해독되는 건 시간문제다.

그 전에 어떻게든 손을 써야 한다. 만일 그가 함부로 행동한다면……

남는 건 파멸뿐이다.

— 고 박사의 일기 중에서(2002. 5.)

| 2002년 | 나사를 떠나다

한국에서 월드컵 열기가 뜨겁던 2002년 초여름, 나사에서 1년 전에 쏘아 올린 〈마스 오디세이〉가 화성 궤도를 돌며 많은 사진들을 지구로 전송했다. 예전보다 훨씬 또렷해진 그 사진들은 인류가 지금껏 알지 못했던 화성의 새로운 모습들을 가득 담고 있었다.

하지만 고 박사는 그 사진들엔 눈길조차 주지 않았다. 점토판을 거의 다 읽은 지금, 화성의 풍경이나 지형 따위는 그에게 더 이상 중요한 문제가 아니었던 것이다.

"시간이 없어! 시간이⋯⋯."

입버릇처럼 이 말을 중얼거리며, 고 박사는 밤낮 없이 점토판에 몰두했다. 그러면서도 한편으론 막막한 심정을 가누기 어려웠다.

'이걸 읽고 나면 대체 어떻게 해야 할까⋯⋯.'

해답은 다름 아닌 점토판 속에 있었다. 그가 앞으로 해야 할 일을 일러 준 마지막 한 줄의 내용은 이런 것이었다.

— 두 개의 달을 품은 우리의 고향이 새겨진 곳,
   거기에 열쇠가 있을지어다.

"두 개의 달을 품은 고향이라⋯⋯."

곰곰이 생각에 잠겨 있던 고 박사의 눈이 어느 순간 반짝 빛났다. 머릿속에 어떤 그림 하나가 선명하게 떠올랐던 것이다. 작은 동그라미 두 개를 품은 큰 동그라미!

"설마! 그렇다면 한국의 그 바위도?"

이것이 그가 나사에서 했던 마지막 말이었다. 그는 곧바로 백지를 꺼내 사표를 휘갈겨 쓴 다음 그 길로 미국을 떠났던 것이

〈마스 오디세이〉의 후배 사랑

〈마스 오디세이〉는 싣고 간 탐사 장비가 3종류뿐인 소박한 우주선이었지만 활동은 눈부셨다. 가장 큰 성과는 화성 북반구 지하에 많은 양의 물(얼음)이 묻혀 있음을 확인한 것. 후배 사랑도 남다르다. 2004년 1월에 착륙한 쌍둥이 로봇 〈스피릿〉과 〈오퍼튜니티〉가 확보한 정보들을 지구로 보내 주는 '전파 중계소' 역할을 함으로써 그들의 활동을 측면에서 지원하고 있다.

다. 허튼 박사는 물론이고 절친한 벗이었던 고단 박사에게도 단 한 마디 작별 인사도 없이.

공항에서 한국행 티켓을 끊은 다음, 고 박사는 은별에게 편지 한 장을 보냈다.

그림 하나만 달랑 그려진 편지였다.

그가 떠날 무렵, 화성에서는 강한 모래바람이 서서히 시작되고 있었다.

> …… 돼지바위 근처에서 그걸 찾을 수 있을지 아직은 모른다.
> 하지만 지금 내게는, 아니 인류에게는 시간이 없다.
> 결과는 하늘에 맡기는 수밖에. 은별은 내 편지의 의미를
> 깨달을 수 있을까? 영리한 아이니까 어렵지 않게 알아낼 것이다.
> 다시 만날 때는 부디 모든 별에 평화가 깃들어 있기를!
> — 고 박사의 일기 중에서 (2002. 11.)

|2003년| 위험한 도박

깡—. 곡괭이 끝에 날카로운 금속이 부딪혔다. 고 박사는 뛰는 가슴을 억누르며 조심스레 그 부근을 삽으로 파헤쳐 보았다. 이번에도 또 쓸데없는 그릇이나 잡동사니면 어떡하지?

잠시 후, 흙 속에서 하얗게 빛나는
물체가 보였다. 고 박사의 입에서 기쁨에
찬 부르짖음이 터져 나왔다.

"찾았다!"

조심스레 들어낸 그 물건은 얼핏 보기엔 알루미늄으로 만든 냉면
사발 같았다. 또는 머리에 뒤집어쓰는 모자처럼 보이기도 했다. 모
자 위, 그러니까 머리 꼭대기 부분엔 안테나가 달려 있었다. 그리고

그 끝엔 작고 붉은 돌멩이 하나가 박혀 있었다.

"이게 바로 그 투구라 이거지."

점토판 속의 한 구절이 고 박사의 뇌리를 스치고 지나갔다.

— 빛나는 투구들이 두 별을 하나로 이어 주리니…….

"재질이 아주 독특하군. 운석에 섞여 있던 그 금속이 분명해."

하지만 기쁨도 잠깐. 그날 이후 고 박사는 새로운 고민에 빠져들었다. 찾아낸 투구를 어떻게 사용해야 할지 그 방법이 막막했던 것이다.

"화성과 지구를 이으려면 대체 어떻게 해야 할까?"

투구니까 머리에 쓰는 건 분명한데. 게다가 안테나가 달려 있고……. 여기까지 생각한 순간 나사의 문서자료실에서 허튼 박사가 통화 중에 했던 말이 번개처럼 머리를 스쳐 갔다. 올림푸스 화산 상공에서 포착된 전파!

"머리에 쓰는 투구를 이용해서 전파를 주고받으려면……. 뇌파! 바로 그거야. 틀림없어."

하지만 인간의 뇌는 라디오와 달라서 다이얼을 돌려 가며 주파수를 맞출 수가 없다. 자기 뇌에서 나오는 뇌파라고 해서 자기 마음대로 조절할 수가 없는 것이다.

"다른 힘을 빌리는 수밖에 없겠군."

고 박사는 즉시 그동안 묵고 있던 숙소를 나섰다. 그러고는 한참을 헤맨 끝에 돼지바위 근처에서 빈집 한 채를 찾아냈다. 그다음엔 온갖 상가들을 돌아다니며 이런저런 설비들을 구입하기 시작했다.

이 무렵, 화성의 모래바람은 거대한 폭풍이 되어 행성 전체를 뒤덮었다. 나사의 연구원들은 우주선들이 보낸 사진에서 붉은빛이라고는 전혀 없는 누르스름한 별을 보았다.

그것은 아주 위험한 도박이었다. 뇌를 전기로 자극한다는 것은! 그것도 정체 모를 우주의 전파와 주파수가 맞을 때까지 계속해서 자극의 세기를 높여 나간다는 것은. 하지만 지금 고 박사에겐 다른 선택이 존재하지 않았다.

"신이 계시다면 지켜 주시겠지. 당신의 피조물들을 위한 일이니까."

여러 가닥의 전선들을 머리에 연결하고 투구를 쓴 채로, 고 박사는 창가 의자에 앉았다. 그러고는 크게 심호흡을 한 다음 스위치를 살짝 돌렸다.

찌리릿ㅡ.

불쾌하고 낯선 자극이 정수리에서 시작되어 온몸으로 퍼져 나갔다. 하지만 뭔가 교신이 이루어지는 느낌은 전혀 들지 않았다.

한 단계 더!

다시 한 단계 더!

반대쪽에서 뜨는 두 개의 달
포보스는 6천 킬로미터 상공에서 8시간에 한 바퀴씩, 데이모스는 2만 킬로미터 위에서 30시간에 한 바퀴씩 화성 주위를 돈다. 포보스는 공전 주기가 화성 자전 주기보다 짧기 때문에 화성에서 볼 때 서쪽에서 떠서 동쪽으로 진다. 공전 주기가 화성 자전 주기보다 훨씬 긴 데이모스는 반대로 동쪽에서 떠서 서쪽으로 진다. 물론 실제로는 같은 방향으로 돌고 있다.

목숨을 건 실험이 오랫동안 계속되었다. 지치면 쓰러졌고, 깨어나면 다시 의자에 앉았다.

겨울이 가고 봄이 왔다.

시간이 계속해서 천천히 흘러갔다.

…… 결과는 생각하고 싶지 않다.

나는 다만 내가 할 수 있는 유일한 일을 하고 있을 뿐이다.

가끔 쓰러졌다가 깨어나면, 그새 날짜가 2~3일씩 지나가 있다.

머리가 맑은 상태로 유지되는 시간이 점점 짧아진다.

곧 결판이 나겠지. 이제 8월까지는 한 달밖에 남지 않았다.

— 고 박사의 일기 중에서(2003. 7.)

다시 만난 작은 사람

…… 이제 8월까지는 한 달밖에 남지 않았다.

고 박사의 일기는 이렇게 끝났다.

마지막 날짜는 2003년 7월. 지금은 그로부터 무려 6년이 지난 다음이다. 그렇다면 고 박사는 그동안 계속해서 이렇게 폐인처럼 살아왔던 걸까? 전기 자극의 후유증으로 바보가 된 채? 네 사람은 너무나 놀랍고 어처구니가 없어서 딱히 할 말조차 생각나지 않았다.

"대체……."

노빈손이 침묵을 깨고 화난 얼굴로 말했다.

"그 점토판인지 뭔지 하는 흙덩어리에 뭐가 적혀 있었던 거죠? 어째서 로웰도 박사님도 그걸 본 뒤부터 저렇게 넋이 나가 버렸냐고요. 2003년 8월은 또 뭐예요? 화성인들이 그때 지구를 침략할 계획이라도 세워 놨었대요? 그랬으면 우리가 지금 이렇게 살아 있겠냐고요."

말숙이 역시 불만스럽다는 듯 콧김을 내뿜었다. 오직 스라모트만이 마음을 가다듬으려 애쓰며 은별에게 조용히 말을 건넸다.

"은별, 사진은 어디 있지?"

"여기 있어."

은별이 일기장 갈피에 꽂혀 있던 사진을 묵묵히 내려다보았다. 아마 그 내용을 살피고 있는 모양이었다. 고고학자가 되어 읽어 드리고 싶었던 점토판! 그러나 지금 아빠는 폐인이 되어 쓰러져 있다. 나는 약속을 지켰는데 아빠는 왜…….

"아이고 답답해! 제발 빨리 좀 읽어 보라니까요."

노빈손이 킹콩처럼 가슴을 쾅쾅 치며 재촉했다. 잠시 후, 은별이 긴 한숨을 내쉬며

소행성에서 위성으로

포보스와 데이모스의 표면에는 운석 충돌로 인해서 생긴 움푹한 크레이터들이 많으며 전체적인 모양도 감자처럼 울퉁불퉁하다. 지름도 각각 15킬로미터와 27킬로미터로 너무 작아서(지구의 달은 3천476킬로미터) 달이라기보다는 화성 주위에 흩뿌려진 소행성에 가깝다. 실제로 과학자들은 포보스와 데이모스가 원래 소행성이었다가 화성 중력에 끌려와서 위성이 되었을 걸로 추측하고 있다.

얼굴을 들었다.

"아빠는…… 그럴 수밖에 없었던 것 같아."

뭐가 어쩌고 어째? 정말 그 아버지에 그 딸이네. 부글거리는 속을 식히려고 노빈손이 힘껏 숨을 들이마시는 순간, 은별이 말했다.

"읽어 줄게."

"풋!"

노빈손이 다시 숨을 내뱉었다.

베일 속에 가려져 있던 점토판이 드디어 그 내용을 드러내기 시작했다.

우리는 붉은 별 붉은 종족의 후손들.

우리 조상들은 1만 5천 년 전에 초록별로 왔다네.

먼 옛날 두 별이 사랑에 빠졌을 때……

"잠깐만!"

갑자기 스라모트가 벌떡 일어서며 은별의 말을 가로막았다.

'저 형은 또 왜 저래? 겨우 두 줄 반밖에 안 읽었는데.'

노빈손의 속이 다시 끓기 시작할 때, 스라모트가 날카로운 눈빛으로 출입문 쪽을 쏘아보며 말했다.

『걸리버 여행기』 작가의 천리안
조너선 스위프트의 『걸리버 여행기』(1726)에는 아주 놀라운 이야기가 나온다. "라퓨타인들은 화성 주위를 돌고 있는 2개의 작은 위성을 발견했다. 하나는 화성 지름의 3배, 다른 하나는 5배 정도 떨어져 있었으며, 각각 10시간과 21시간 반 동안 공전하고 있었다." 비록 숫자는 좀 틀렸지만, 그래도 두 개의 달이 발견된 1877년보다 150년이나 앞선 소설에 이런 이야기를 쓰다니! 스위프트는 점쟁이였을까? 아니면 단지 우연의 일치였을까?

"방문객이 있군."

이런 흉가에 웬 방문객? 화성에서 외교관이라도 보냈나? 의아해하는 노빈손의 눈에 스르르 문이 열리는 게 보였다. 그리고 잠시 후.

"앗! 너, 너는?"

달빛을 역광으로 받으며 서 있는 한 사람.

작은, 아주 작은 소녀.

노빈손이 낮에 거리에서 만났던 바로 그 소녀였다.

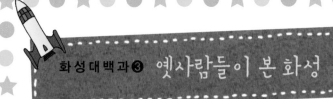

화성 대백과 ❸ 옛사람들이 본 화성

　지금은 화성이 지구에서 제일 인기가 높은 행성이지만 옛날엔 달랐다. 밤하늘에 붉게 빛나는 이 별을 동서양을 막론하고 다들 불길하게 여겼던 것. 옛 기록들을 보면 화성이 크게 보일 때 흉흉한 일이 벌어진다는 얘기들이 곳곳에서 발견된다.

|로마| **화성＝전쟁**

　고대 로마인들은 화성을 '마르스(Mars)'라고 불렀다. 마르스는 그리스 신화의 군신(전쟁신) 아레스(Ares)의 또 다른 이

울흥거니!
아레스의 아이들이니
포보스와 데이모스
라고 이름 붙여야
겠군!

어라?
신화를 좀
아시네?

흠

름이다. 화성에 그런 이름을 붙였다는 건 로마인들이 화성을 전쟁과 관련시켜 생각했다는 뚜렷한 증거다.

화성의 달 이름 역시 신화에서 나왔다. 제우스와 헤라 사이에서 태어난 아레스는 아름다움의 여신 아프로디테와 결혼하여 아들 쌍둥이 포보스와 데이모스를 낳는다.

하지만 그 이름들을 화성의 달에 붙여준 건 로마인들이 아니다. 화성의 위성들은 1877년에 미국의 천문학자 홀이 처음 발견했으니까.

| 이집트, 페르시아, 바빌로니아 |

화성 = 전쟁, 죽음, 돌림병

고대 바빌로니아에선 화성을 '네르갈'이라 불렀다. 네르갈은 죽음과 돌림병의 신! 그들이 3천 년 전에 남긴 기록엔 "이 별이 멀리 빛이 바랜 채로 있으면 모든 일이 평안하고, 가까이 와서 밝게 빛나면 불길한 일이 일어난다."고 적혀 있다.

고대 페르시아에선 화성을 하늘의 군신 '파라바니 시펄'이라 불렀고, 고대 이집트에선 군신 '하르마키스'라 불렀다. 고대 북유럽에서도 화성을 군신 '투이'라 불렀다고 한다. 이렇듯 거의 모든 고대 문명에서 화성을 보는 눈이 엇비슷했다는 건 아주 신기하면서도 놀라운일이다.

최후의 재난은 화성과 관련이……

비록 빗나가긴 했지만 "1999년에 지구가 멸망한다."는 말로 숱한 사람들을 근심스럽게 했던 노스트라다무스의 예언에도 화성 얘기가 나온다. 다음은 그가 아들 세자르에게 보낸 편지의 한 구절이다.

"……수많은 불덩어리와 뜨거운 바위들이 떨어져 내릴 것이며, 모든 것은 불로 파괴될 것이다. 이 모든 것은 최후의 대재난 이전에 갑작스레 일어나리니, 그건 화성의 운행 주기와 깊은 관련이 있다."

인류가 무사히 21세기를 맞긴 했지만, 아무튼 '종말'에 대한 예언 속에 화성이 안 나왔다면 좀 서운할 뻔했다.

형혹(화성) = 질병, 죽음, 전쟁, 재앙

동양에선 화성을 '형혹(熒惑)'이라 불렀다. 물론 좋은 뜻일 리 없다. '정신을 홀리는 빛'이라는 뜻이다. 다음은 천체의 운행을 다룬 옛 책의 한 대목.

"형혹이 머무르는 자리에 해당하는 나라에서는 혼란, 질병, 죽음, 기아와 전쟁이 일어나고 형혹이 비교적 한 장소에 오래 머물러 있으면 그 나라엔 재앙이 있다."

화성이 불길했던 이유는?

옛사람들이 한결같이 화성을 불길하게 여겼던 이유는 뭘까? 제일 큰 이유는 붉은색이 주는 섬뜩한 느낌 때문이었을 것이다.

두 번째는 변화무쌍함이다. 화성은 다른 별들에 비해 크기나 밝기의 변화가 심하다. 공전 궤도가 길쭉해서 지구와의 거리 변화가 크기 때문이다. 가뜩이나 불길한 녀석이 커졌다 작아졌다 하니 영 신경이 거슬릴 수밖에!

세 번째는 '역행'이다. 화성은 지구보다 큰 궤도로 공전하기 때문에 지구보다 앞서 가다가도 어느 순간 따라잡히게 된다. 그걸 지구에서 보면 마치 화성이 거꾸로 흐르는 것처럼 보였을 것이다.

21세기! 화성은 인류의 디딤돌

이렇듯 화성은 오랫동안 인류에게 재앙의 상징이었다. '재앙'을 뜻하는 영어 'disaster'는 그리스어로 '별'을 뜻하는 'astron'에서 유래된 단어라고 한다. 재앙은 별에서 온다는 생각이 그 속에 담겨 있다. 그 별이 화성이라는 건 굳이 설명할 필요도 없을 것이다.

하지만 이제 그건 다 옛날 얘기다. 21세기의 인류에게 화성은 더 이상 불행이나 재앙을 의미하지 않는다. 오늘날의 화성은 인류가 우주로 나아가기 위해 올라서야 할 디딤돌이며, 그 너머엔 예언가나 점성술사들이 알지 못했던 새로운 세계가 펼쳐져 있을 것이다.

화성 공주 하르모니아

소녀를 보는 순간 노빈손의 뇌리에 제일 먼저 떠오른 건 그녀의 발그레한 손이었다. 뒤이어 조금 전에 들었던 점토판의 첫 구절이 머리를 스쳐 갔다. 붉은 별 붉은 종족!

이쯤 되면 생각하고 말고 할 것도 없지. 저 소녀는 화성인이야!

그다음에 떠오른 건 로웰의 메모에 적혀 있던 '버로스'라는 이름이었다. 그가 100년 전에 『화성의 공주』라는 소설을 쓴 작가라는 걸 뒤늦게 기억해 냈던 것이다.

언젠가 헌책방에서 우연히 발견했던 낡은 SF 소설책. 주인공이 화성에 가서 난폭한 녹색 화성인들과 착한 붉은색 화성인들을 만나는 이야기였지.

로웰은 '그도 점토판을 읽었을까?' 라고 적었어. 그건 버로스의 소설이 점토판 내용과 비슷하다는 뜻이겠지. 그렇다면 저 붉은 소녀는…… 착한 종족인 거야.

그뿐이 아니지. 녹색 종족도 이미 지구에 와 있어. 낮에 말숙이가 봤다는 슈렉 같은 거인! 그 괴물의 정체가 뭐겠어? 붉은 종족의 소녀를 뒤쫓고 있었던 걸 보면 뻔하지!

빛의 속도로 회전하는 노빈손의 두뇌! 여

원형 점토판

이 책에 나오는 것과 비슷한 원형 점토판은 실제로도 있다. 고대 아시리아 제국의 수도였던 니네베 유적지(이라크 모술 지방)에서 19세기 중반에 발견된 원형 점토판이 바로 그것. 거기엔 별자리 그림과 함께 쐐기문자가 적혀 있었는데, 얼마 전 그 내용이 150년 만에 해독되었다. 5천 년 전 알프스 지방에 1.6킬로미터 크기의 소행성이 추락했다는 아찔한 내용이며, 점토판 제작 시기는 2천 700여 년 전이었다고 한다.

기까지 생각하는 데 걸린 시간은 정확히 1.5초였다.

"난 널 알아. 너는⋯⋯."

노빈손이 침을 꼴깍 삼킨 다음 물었다.

"화성에서 온 붉은 종족! 그렇지?"

사람들이 어이없다는 듯 노빈손을 쳐다보았다. 아무리 조금 전에 점토판 낭독을 들었어도 그렇지, 낯선 꼬맹이를 보고 화성인이라니! 하지만 그들은 곧바로 제 눈을 의심해야 했다. 소녀가 고개를 끄덕인 것이다.

엥? 맞다는 거야? 화들짝 놀란 일행에게 이번엔 귀를 의심케 하는 일이 벌어졌다.

"그래요. 나는……."

소녀가 실로폰처럼 맑은 목소리로 천천히 대답했다.

"화성의 공주, 하르모니아예요."

맙소사! 일행의 눈과 입이 한꺼번에 떡 벌어졌다. 말숙이는 심지어 콧구멍까지 활짝 열려 버렸다.

✉ **까말** 》》》 긴급 보고! 금방 웬 꼬맹이가 침투했음.

방 안에선 괴상한 늙은이가 히죽거림.

오늘 접선한 남녀노소가 모두 외계인으로 추측됨.

지구 안전에 심각한 위협이 예상됨. 어쩔깝쇼?

허튼 》》》 헛소리 말고 최대한 접근해서 대화를 엿들을 것!

사람들이 놀라움을 추스르지 못하고 눈 코 입을 계속 열고 있는 동안, 노빈손의 귀에 소녀의 목소리가 들려왔다. 낮에 그랬듯이 입을 열지 않고 건네는 신기한 대화법이었다.

— 또 만나다니 뜻밖이에요. 하지만 날 알아본 건 더 뜻밖이네요. 어떻게 알았죠?

"하하, 평소 실력이지. 근데 여긴 무슨 일로 온 거지?"

파이스토스 원반의 수수께끼

세계에서 제일 유명하면서도 골치 아픈 원형 점토판은 1908년에 지중해 크레타 섬에서 발견된 '파이스토스 원반(Phaistos Disc)'이다. 고대 미노스 궁전을 발굴하던 중에 나온 이 점토판은 약 3천700년 전(기원전 1700년)의 것으로 추측된다. 양면엔 241개의 이상한 문자와 기호들이 새겨져 있는데, 지금까지도 내용이 전혀 해독되지 않고 있다.

— 이젠 숨길 수도 없겠네요. 난 투구를 찾으러 왔어요.

"투구? 박사님이 찾아낸 저거 말야?"

노빈손이 구석을 가리키며 물었다.

— 그래요.

"왜?"

— 우리의 것이니까요. 그리고 우리 운명의 열쇠니까요.

열쇠라니? 다시 뭔가 물으려는 노빈손의 어깨를 말숙이가 우악스럽게 흔들어 댔다.

"야! 정신 차려. 뭘 그렇게 혼자 나불거리는 거야?"

은별과 스라모트 역시 엄청 걱정스러운 얼굴을 하고 있었다.

노빈손과 하르모니아가 동시에 빙그레 웃었다. 지구인과 화성인이 처음으로 함께 웃음을 나눈 잊지 못할 순간이었다.

마침내 드러난 점토판의 글귀

"입을 다문 채 뇌파로 청각을 자극한다고?"

"그래요."

"어떻게 그게 가능해?"

"그렇게 물으면 할 말이 없는걸요. 우린 원래 그래요. 여럿에게 동시에 할 수는 없지만."

그런 만화 같은 일이! 넷은 벌린 입을 좀처럼 다물지 못했다. 그러자 하르모니아가 급하게 일행을 재촉했다.

"지금은 길게 얘기할 시간이 없어요."

"왜지?"

은별이 물었다.

"날 뒤쫓는 자가 있어요. 누군가 하면……."

"녹색 종족?"

노빈손이 냉큼 말을 가로채며 아는 척했다.

"어머? 그걸 어떻게?"

놀란 건 하르모니아만이 아니었다. 은별과 스라모트 역시 놀랍다는 표정이었고, 말숙이의 가슴에선 의심이 모락모락 피어오르기 시작했다.

"아까도 녹색 종족 때문에 다쳐서……."

하지만 노빈손의 말이 끝나기도 전에 말숙이의 고함이 먼저 터져 나왔다.

"야!"

노빈손과 하르모니아에게 말숙이가 찌를 듯이 삿대질을 해댔다.

"요것들이 이제 보니 보통 사이가 아니네. 대체 언제부터 만난 거야? 그리고 너!"

"네?"

하르모니아가 움찔하며 대답했다.

천왕성과 해왕성, 누가 언제 발견?

18세기 후반까지만 해도 인류는 수성, 금성, 화성, 목성, 토성 외엔 다른 행성들의 존재를 몰랐다. 1781년에 허셜이 천왕성을 발견함으로써 현대사 최초의 행성 발견이 이루어졌다. 이후 과학자들은 뉴턴의 중력법칙을 이용해 천왕성 밖 '제8행성'의 위치를 예측했으며, 1846년에 베를린 천문대장 갈레가 예측 지점으로부터 겨우 1도 벗어난 곳에서 해왕성을 발견했다.

"요게 어디서 공주 행세를 하고……. 왕실의 법도도 모르면서. 너 빈손이한테 눈독 들이지 마. 화성인이라고 봐줄 줄 알아?"

"그게 아니라……."

"시끄러. 수틀리면 너도 푸르뎅뎅하게 만들어 버릴 거야."

내가 못 살아! 노빈손이 고개를 절레절레 흔들었다.

✉ **까말 》》》** 고함 소리가 들림. 괴수 같은 여자 외계인이 꼬마 외계인을 위협 중. 곧 잡아먹을 듯.

허튼 》》》 이것들아! 제발 좀 제대로 엿들어 봐.

"아무튼 빨리 여길 떠나야 해요. 자칫하면 당신들까지 위험해져요."

"그 녹색 종족이 그렇게 대단해?"

"그들은 우주의 떠돌이 폭력배예요. 지금껏 수많은 행성들을 파괴했어요."

"그럼 화성인이 아니란 말야?"

"원래는요. 화성에 온 건 지구 시간으로 2만 넌쯤 전이죠."

2만 년 전이면 지구에 크로마뇽인이 살 때잖아? 그렇게 오래전 일을 어떻게 알 수가 있지? 노빈손이 얼떨떨한 표정을 짓자 은별이 급한 목소리로 재촉했다.

"우선 아빠를 모시고 나가자. 자세한 얘긴 나중에 하고."

아무래도 은별은 고 박사가 몹시 신경이 쓰이는 모양이었다. 하지만 노빈손은 도저히 이대로는 떠날 수 없었다.

"저, 은별 누나. 부탁이 있는데요."

"뭔데?"

"갈 때 가더라도 점토판 좀 읽어 주고 가면 안 될까요? 궁금해서 쓰러질 거 같아요."

은별이 난처한 듯 일행을 돌아보았다. 하지만 스라모트와 말숙이 역시 노빈손을 거드는 눈치였다. 하르모니아의 얼굴에도 호기심이 가득 어려 있었다.

"좋아. 그럼 잘 들어."

드디어 점토판의 글귀가 처음부터 끝까지 남김없이 드러나기 시작했다.

우리는 붉은 별 붉은 종족의 후손들.

우리 조상들은 1만 5천 년 전에 초록별로 왔다네.

먼 옛날 두 별이 사랑에 빠졌을 때부터 시작된 오랜 인연에 따라……

아득한 고향에서 왕의 얼굴이 우릴 굽어보고 빛나는 투구들이 두 별을 하나로 이어 주리니

3천 년 뒤 두 별이 재회할 때

잠에서 깬 형제들이 녹색 구름을 뚫고 초록별을 찾아오리라.

행성은 '별'이 아니다
원래 '별'이란 태양처럼 스스로 빛을 내는 천체, 즉 항성을 일컫는 말이다. 지구나 화성처럼 항성 주위를 돌며 그 빛을 반사할 뿐인 천체들은 '행성'이라 부른다. 그리고 달처럼 그 행성 주위를 돌고 있는 천체는 '위성'이다. 그러므로 지구나 화성을 '별'이라 부르는 건 옳지 않지만, 지구와 화성을 흔히 '초록별'과 '붉은 별'이라고 부르므로 이 책에서도 그렇게 표현했다.

135

그러나 형제들은 스스로는 깨어나지 않을 터,

투구를 얻은 이여! 부디 우리의 기다림을 전해 다오.

두 개의 달을 품은 우리의 고향이 새겨진 곳,

거기에 열쇠가 있을지어다.

알쏭달쏭! 들어도 모르겠군. 대체 이게 무슨 수수께끼 같은 우주의 서사시란 말인가.

"됐지? 빨리 가자."

서두르는 은별의 팔을 잡으며 스라모트가 조용히 말했다.

"잠깐! 그 전에."

"왜, 또?"

"새앙쥐 두 마리를 먼저 잡아야겠군."

스라모트의 눈빛이 인디언 전사처럼 강렬하게 이글거렸다.

붙잡힌 레옹 형제

✉ 제대로 엿듣기 시작했음. 인디언이 쥐를 잡겠다고 함.
   외계인의 먹이로 제공하려는 듯.

꾸욱― .

까말레옹이 문자 메시지 전송 버튼을 눌렀다. 날개를 단 편지봉투가 액정 속을 너울너울 날아갔다. 바로 그때, 등 뒤에서 바람을 가르는 예리한 소리가 들려왔다.

휘이익! 퍽! 윽! 퍽! 으윽!

스라소니처럼 날렵한 스라모트의 멋진 솜씨였다.

먼저 뻗은 힐레옹의 푹신한 배 위로 까말레옹이 수수깡처럼 맥없이 쓰러졌다. 말숙이가 양손으로 둘의 다리를 하나씩 잡더니 집 안으로 가볍게 끌고 갔다.

"으으……."

레옹 형제가 쌍둥이답게 동시에 눈을 뜨는 순간, 어디선가 부르르 진동 소리가 들렸다. 스라모트가 들고 있던 까말레옹의 휴대 전화였다.

 자꾸 그렇게 잠꼬대 할래?

"허튼이로군."

메시지를 확인한 스라모트가 쏘는 듯한 눈초리로 둘을 노려보았다.

"그럼 당신들이 바로 레옹 형제인가?"

"그, 그렇다!"

한목소리로 대답하며 일어나 앉는 레옹 형제에게 은별이 원망스레 물었다.

명왕성은 왜 태양계에서 쫓겨났을까?

1930년에 로웰의 뜻을 이은 톰보가 발견했던 9번째 행성 명왕성이 2006년에 행성의 지위를 잃은 제일 큰 이유는 '궤도 주변에서 지배적 천체여야 한다'는 행성의 자격 조건을 못 갖췄기 때문. 명왕성은 제 위성인 카론에게도 이리저리 휘둘릴 정도로 힘이 약하다. 지구의 달보다도 작은 꼬마 행성이었던 명왕성은 이제 태양계의 수많은 소행성들 중 하나로 바뀌었다.

"아빠를 감시하더니 이제 나까지? 대체 어디서부터 따라온 거죠?"

"인천 공항."

까말레옹이 말했다.

"바보야! 워싱턴 공항부터지."

힐레옹이 즉시 면박을 주었다.

꺼벙한 녀석들이로군! 피식 웃는 스라모트 옆에서 노빈손이 까말레옹의 휴대 전화에 저장되어 있는 문자 메시지들을 검색했다. 허튼 박사와 주고받은 문자들을 읽는 동안, 노빈손은 몇 번이나 웃음이 터지려는 걸 억지로 참아야 했다.

푸핫! 이제 보니 우릴 외계인으로 여기고 있었군. 혹시 이 맹꽁이들의 오해를 적당히 이용할 수는 없을까? 보아하니 박사님 얼굴도 못 알아본 거 같은데.

핑그르르! 노빈손의 머리가 또다시 광속으로 회전하기 시작했다.

황당무계한 우주 회의

30초 뒤. 노빈손이 천천히 레옹 형제에게 다가갔다.

"헬로! 레옹 브라더스."

은근하게 깔리는 노빈손의 음성! 레옹 형제의 눈빛이 동시에 흐리

멍덩해졌다.

"우주 회의에 오신 걸 환영합니다. 허튼 박사는 안녕하시죠?"

"네? 네에……."

얼떨떨한 레옹 형제, 그리고 얼떨떨한 일행들. 특히 말숙이는 기가 막혀서 방귀가 터질 지경이었다. 환영이라니! 당장 주리를 틀어도 시원찮을 염탐꾼들한테. 게다가 우주 회의는 또 뭐야?

─ 빈손, 왜 그러는 거죠?

하르모니아의 음성이 귓속으로 스며들었다. 대답 대신 눈을 찡긋한 다음, 노빈손이 더욱 은근한 목소리로 말을 이었다.

"우리는 오늘 회의를 위해 우주 방방곡곡에서 날아온 대표들입니다. 나는 안드로메다 4989소행성에서 온 우주 재벌 노빈손이오."

"헉! 그 유명한 안드로메다에서?"

"역시! 부자들은 머리숱이 적다더니."

레옹 형제가 들뜬 얼굴로 호들갑을 떨었다. 나머지 사람들은 아무도 이 황당한 대화에 끼어들지 않았다. 하르모니아가 잠깐 지켜보자고 뇌파로 말을 전한 까닭이었다.

"이 분은, 멀리 큰개자리의 알파별 시리우스에서 오신 우주 괴수 마르슉."

으으! 어쩐지 사나워 보이더니만……. 긴장하는 레옹 형제.

"마르슉이 제일 싫어하는 건 말대꾸, 제일

이웃 은하 안드로메다

안드로메다는 별이 아니고 은하(수천억 개의 별들이 모여 있는 집단) 이름이다. 우리은하로부터 230만 광년 떨어져 있으며, '대마젤란은하' 같은 왜소은하를 빼면 우리은하에서 제일 가까운 이웃 은하다. 안드로메다는 원래 그리스 신화에 나오는 에티오피아 왕 케페우스와 왕비 카시오페이아의 딸이며, 괴물 메두사를 해치운 용사 페르세우스의 아내이기도 하다.

139

좋아하는 건 식사입니다. 특히 까만색 먹이를 좋아하죠. 봐요, 입가
에 묻은 먹이의 흔적을. 새까맣죠?"

노빈손이 말숙이의 입가에 말라붙은 초코볼 자국을 가리켰다. 까
말레옹이 황급히 어깨를 웅크리며 부르르 몸을 떨었다.

"이 아담한 분은 거문고자리의 알파별 직녀성에서 온 우주 재봉사
하르모니아. 그리고 저 분은……."

노빈손이 멍하니 앉아 있는 고 박사를 가리키며 짐짓 목소리를 낮
추었다.

"염소자리의 베타별 견우성에서 오신 우주 소몰이꾼 위워 할배인

데, 껄렁한 녀석들을 보면 코뚜레를 꿰어 버리는 취미가 있죠."

허걱! 건들거리던 레옹 형제가 재빨리 차렷 자세를 취했다.

"우린 지금 지구의 운명이 달린 중요한 모임을 갖고 있소. 원래는 허튼 박사가 지구 대표로 참석할 예정이었지만 나사를 비울 수 없어 두 분을 대신 보낸 거요. 은별과 스라모트는 이 역사적인 회의를 증언해 줄 참관인들이고."

"아! 보스에게 그런 깊은 뜻이."

까말레옹이 감격스런 얼굴로 말했다. 하지만 힐레옹은 뭔가 미심쩍은 표정이었다.

"그럼 고 박사를 감시했던 이유는 뭐죠? 요번에도 은별이 혹시 그를 만나는지 확인하라던데."

"아, 그건……."

노빈손이 말꼬리를 늘어뜨리며 재빨리 답변을 궁리했다.

"고 박사가 지구 대표 자리를 탐냈기 때문이오. 그렇지, 은별?"

"네? 네에. 아빠가…… 원래 욕심이 많으셔서……."

은별이 얼떨결에 맞장구를 쳐 주었다.

"그런데 보스는 왜 사실대로 말해 주지 않고 몰래 미행하라고 한 거죠? 아까는 또 왜 때렸어요?"

태양보다 크고 뜨거운 시리우스
시리우스는 지구에서 8.7광년 떨어진 큰개자리의 알파별(별자리를 이루는 별들 중 제일 밝은 별)이며 지구의 밤하늘에서 제일 밝은 −1.5등성이다. 크기는 태양의 1.7배. 표면 온도는 태양(6천 도)보다 훨씬 뜨거워 거의 1만 도에 가깝다. 참고로, 제일 밝다는 건 별(항성)들 중 그렇다는 뜻이고, 금성이나 화성이 지구에 가까이 접근했을 땐 시리우스보다 훨씬 밝게 보인다.

"보안 때문이오. 미리 말하면 비밀이 샐 위험이 있으니까. 그리고 아까 때린 건 당신들이 진짜 레옹 형제인지 아니면 화성의 스파이인지 확인하기 위해서였소."

"화성의 스파이라뇨?"

"지금 지구에 화성의 녹색 외계인이 와 있거든. 지구를 집어 삼키려고! 오늘 회의도 그걸 막기 위해서 열린 거요."

"저런 못된 것들 같으니!"

"정의와 평화의 이름으로 그놈들을 가만 두지 않겠다!"

레옹 형제가 분노한 얼굴로 부르짖었다.

"그러니까 이제부턴 허튼 박사에게 함부로 문자를 보내지 마시오. 화성인들이 훔쳐볼 수도 있으니까."

"알겠습니다. 빙빙 돌려 말해도 보스는 다 눈치채실 겁니다."

흐흐흐, 성공이군! 이제 확실한 우리 편이 생긴 셈이야. 노빈손이 만족스러운 얼굴로 일행을 둘러본 뒤 엄숙하게 말했다.

"그럼 회의를 진행합시다. 하르모니아가 그 녹색 괴물에 대해 자세히 설명해 주시죠."

"잠깐만요. 전화기 좀……."

까말레옹이 노빈손으로부터 공손하게 휴대 전화를 건네받았다. 그러고는 허튼 박사에게 정성스레 문자 메시지를 보내기 시작했다.

✉ 보스의 깊은 뜻을 이제야 알았음.
   최선을 다해 임무를 수행하겠음.

잠시 후, '잘하고 있다! 계속 수고하게.' 라는 허튼 박사의 답장이
왔다.

녹색 종족에 대하여

"그들의 키는 2미터 50센티미터쯤 돼요. 피부는 아시다시피 녹색
이고."

"오잉? 그럼 내가 봤던 슈렉이 바로?"

말숙이가 펄쩍 뛸 듯이 고함을 질렀다.

맙소사! 그걸 이제야 알아차리다니……. 노빈손이 슬며시 도리질
을 쳤다.

"아마 그럴 거예요. 그들은 지구인과는 반
대로 이산화탄소를 마시고 산소를 내뿜죠."

"식물처럼? 그래서 녹색인가?"

노빈손이 중얼거렸다. 아무리 우주가 넓
기로서니 그런 괴상한 종족이 존재하고 있
을 줄이야.

"체온은 굉장히 낮아서 거의 드라이아이
스 수준이에요. 옆에 있으면 소름이 돋을
정도니까."

시리우스의 짝꿍별

시리우스는 밝기로도 유명하지만 짝꿍이 있는 걸로도 유명하다. 서로 가까운 두 개의 별이 질량의 중심점 주위를 나란히 공전하는 걸 '쌍성계'라 하고, 함께 도는 짝꿍별을 '동반성'이라 부른다. 시리우스의 동반성 '시리우스 B'는 시리우스보다 훨씬 작고 어둡지만 중력은 지구의 5만 배나 된다. 1그램짜리 성냥개비가 그곳에선 50킬로그램이 된다는 뜻이다.

정말 썰렁하고 으스스한 종족이로군. 식물이 아니라 냉혈 파충류였어.

"그들은 굉장히 힘이 세고 과학 수준도 높아요. 날 뒤쫓는 자는 강력한 레이저 총을 지니고 있어요."

"밥은 뭘 먹지? 좋아하는 반찬은?"

말숙이가 물었다. 먹는 걸 좋아하는 우주 괴수다운 질문이었다.

"그들은 동식물의 혈액이나 수액에서 영양분을 흡수해요. 심지어는 광물에서도 필요한 물질들을 섭취하죠. 지구에선 강아지들을 종종 잡아먹는 것 같더군요."

헉! 이제 보니 드라큘라였잖아? 노빈손이 부르르 진저리를 쳤다. 미라처럼 바싹 말라 버린 강아지의 모습이 눈에 보이는 듯했다.

"약점은 없소?"

스라모트가 물었다.

"있어요. 동작이 굉장히 느려요. 화성의 중력은 지구의 3분의 1밖에 안 되거든요. 지구에선 몸이 무거워 빠르게 움직일 수가 없죠."

"반대로 지구인이 화성에 가면 방방 떠서 다닐 수 있지."

노빈손이 슬쩍 알은체를 했다.

"우아, 그럼 거의 날다람쥐겠네요?" 하는 까말레옹.

질소가 지구에서 하는 역할은?
지구의 공기 중엔 산소가 제일 많을 거라고 생각하기 쉽지만 실제로는 질소가 78퍼센트이며 산소는 21퍼센트밖에 안 된다. 만일 질소가 사라지면 지구는 사막으로 바뀔 것이고 생명체들은 대부분 멸종될 것이다. 질소는 생명 활동에서 제일 중요한 단백질을 만드는 데 반드시 필요하며, 식물들에게도 없어서는 안 될 필수 성분이기 때문. 산소는 지금처럼 숨 쉴 만큼만 있으면 된다.

"아니지. 벼룩이지." 하는 힐레옹.

"아무튼 그게 제일 큰 약점이고, 두 번째는 숨이 가쁘다는 거예요. 화성의 공기 중엔 이산화탄소가 95퍼센트지만 지구에선 0.04퍼센트에 불과하니까요. 물론 공기의 밀도는 지구가 100배나 높지만, 그래도 그들이 편안하게 호흡하기엔 이산화탄소가 턱없이 모자라요."

"뛰는 건 아예 불가능하겠군."

스라모트가 말하자, 말숙이가 팔뚝을 걷어 부치며 우렁우렁한 목소리로 외쳤다.

"그럼 스피드를 이용해서 혼쭐을 내면 되겠네. 일단 내가 강펀치를 날리고……."

하지만 하르모니아는 고개를 저었다.

"그들의 피부와 신체 조직은 엄청나게 강하고 질겨요. 그러니까 화성보다 기압이 200배나 높은 지구에서 쭈그러들지 않고 견딜 수 있는 거예요. 맨주먹으로는 작은 흠집 하나 낼 수 없어요."

흠, 뭔가 색다른 방법을 써야겠군. 노빈손의 눈빛이 조금씩 깊어져 갔다.

"그런데……."

침묵하던 은별이 조심스럽게 말문을 열었다.

"그들은 왜 왔지? 그리고 넌 또 왜 온 거야? 점토판에 적혀 있던 건 무슨……."

"아! 잠깐만."

스라모트가 황급히 말허리를 자르고 나섰다. 그러고는 멀뚱멀뚱

듣고 있는 레옹 형제를 돌아보았다.

"두 분은 밖에서 망을 보는 게 어떨까요? 녹색 괴물이 언제 들이 닥칠지 모르는데 아무래도 파수꾼이 있어야……."

자꾸만 문 쪽을 힐끔거리는 하르모니아를 안심시키기 위해서였다. 레옹 형제 앞에서는 깊은 얘길 나누기가 어렵다는 이유도 물론 있었다. 망설이는 레옹 형제에게 말숙이가 송곳니를 드러내며 낮게 으르렁거렸다.

"당장 안 나가?"

"헉! 나가요, 나가."

우당탕탕! 둘이 부리나케 뛰쳐나가자 하르모니아와 은별의 표정이 약간 편안해졌다. 느림보 괴물의 접근을 살필 보초를 세웠으니, 최소한의 안전 조치는 취한 셈이었다.

"이제 말해 봐. 아까 점토판 내용 들었지? 그게 대체 무슨 뜻이야?"

은별이 빠른 말투로 다그쳤다. 수만 년에 걸친 화성인들의 사연이 드디어 조금씩 드러나기 시작했다.

✉ **까말 »»»** 철통 같은 태세로 경계 중!
절대 한눈팔지 않고 지켜보겠음.

허튼 »»» 좋은 자세다! 계속 그렇게만 해 다오.

6만 년의 약속 (1)

"내가 온 까닭…… 그걸 말하려면 까마득한 옛날로 거슬러 가야
해요."

하르모니아가 아련한 눈길로 창밖을 올려다본 다음 길고 놀라운
이야기를 털어놓기 시작했다.

……붉은 종족은 수천만 년 동안 화성에서 문명을 꽃피우며 평화
롭게 살았어요. 물도 공기도 모두 풍족했던 행복한 시절이었죠.

하지만 2백만 년 전부터 소행성들이 잇달아 화성에 충돌하면서 모
든 게 파괴되기 시작했어요. 대기권이 찢겨 나가면서 점점 공기가
희박해지고 추워졌죠. 심지어는 자전축마
저 심하게 뒤틀렸고, 자전 속도도 3배나 느
려졌어요.

심각한 생존의 위협 앞에서 조상들은 결
국 다른 행성들로 눈길을 돌리기 시작했어
요. 더 따뜻하고 안전한 새로운 행성! 그중
하나가 바로 초록별 지구였어요.

약 6만 년 전, 화성과 지구가 '최대접근'
을 해서 거리가 평소보다 훨씬 가까워졌을
때 조상들은 지구에 탐사선을 보냈어요. 지

태양계의 소행성대
화성과 목성 사이엔 태양 주위를
도는 수많은 소행성들로 이루어진
'소행성대'라는 구역이 있다. 덩치
가 제일 큰 '세레스'(지름 914킬로
미터)부터 지름 1킬로미터 안팎의
꼬맹이들까지 합친 이 구역의 소
행성 개수는 무려 4만 5천여 개.
화성 표면엔 소행성 충돌 때문에
움푹 파인 '충돌 분지'들이 무수
히 많으며, 제일 큰 헬라스 분지는
깊이 5킬로미터에 너비가 1천600
킬로미터나 된다.

구 환경을 자세히 조사하고 지구인들의 DNA를 채취하기 위해서였죠. 바로 그게 오랜 인연의 시작이었어요.

"그럼 '두 별이 사랑에 빠졌을 때' 라는 건······."

은별의 질문에 하르모니아가 고개를 끄덕였다.

"맞아요. 6만 년 전의 최대접근을 뜻하는 거죠. 그때 화성과 지구의 거리는 약 5천500만 킬로미터로 평균치의 3분의 2에 불과했어요. 제일 멀어졌을 때에 비하면 겨우 7분의 1 정도였고."

지구인들이 돌도끼를 휘두르고 있을 때 수천만 킬로미터의 우주 비행을 했다니! 노빈손은 마치 꿈을 꾸듯 몽롱한 기분이었다. 하지만 꿈이 아니라 현실인 게 왠지 마음에 들었다.

화성의 불안정한 자전축

화성의 자전축은 매우 불안정하다. 지금은 25도쯤 기울어져 있지만 과거 100만 년 동안 약 15~45도 정도 변한 것으로 추측된다. 과학자들은 그 이유를 화성 북반구의 '타르시스 고원'에서 찾고 있다. 회전하는 팽이 위에 작은 혹이 달려 있으면 팽이가 그쪽으로 기울듯, 너무 거대한 고원이 화성 표면에 솟아 있어서 자전축이 차츰 그쪽으로 기울었다는 이야기다.

······지구는 풍요로웠지만 중력, 온도, 기압 등은 화성과는 사뭇 달랐어요. 지구인들의 신체 구조도 전혀 딴판이었고요. 붉은 종족 역시 그때까지는 녹색 종족처럼 체격이 굉장히 컸었거든요. 산소가 아닌 이산화탄소를 호흡하고 있었고.

하지만 선택의 여지가 없었어요. 화성의 환경은 하루가 다르게 악화되고 있었고, 그대로 간다면 우리에게 미래란 존재하지 않을 게 뻔했으니까요. 조상들은 고민 끝에 엄청난 결정을 내렸죠. 이른바 '6만 년 프로젝트'가 바로 그것이었어요.

우선 DNA 합성을 통해 붉은 종족의 몸을 지구에 맞게 바꾸기로 했어요. 산소 호흡이 가능하도록 신체 구조를 개조하고, 지구의 기압과 중력에 견디기 위해 체격을 조금씩 줄여 나갔죠.

물론 쉬운 일은 아니었어요. 화성의 뛰어난 생명공학으로도 무려 4만 년이 걸렸으니까. 그렇게 해서 붉은 종족의 몸은 지금처럼 작아졌어요.

"세상에! 그게 가능한 일이란 말야?"

노빈손이 혀를 내두르며 물었다. 지구의 상식으로는 도저히 이해할 수 없는 놀라운 얘기들! 식물도 아닌 고등 동물이 이산화탄소로 호흡을 한다는 걸 어느 누가 상상이나 할 수 있었을까?

혼란스러운 노빈손의 마음을 스라모트가 정확히 짚어 냈다.

"빈손! 우주엔 우리가 설명할 수 없는 일들이 너무나 많아. 지구의 잣대로 그 모든 걸 해석하려 드는 건 어리석은 일이지. 그건 뭐랄까, 또 하나의 천동설인 셈이야."

천동설! 지구가 우주의 중심이고 모든 별들이 지구 주위를 돌고 있다는 그릇된 믿음. 노빈손이 가만히 고개를 끄덕였다. 우주의 모든 생명체들이 지구와 똑같은 방식으로 살 거라는 생각 역시 천동설처럼 터무니없는 거겠지.

……공기 중에 거의 없던 산소는 물에
서 얻었어요. 그 무렵 화성의 물은 거의 바닥
을 보이고 있었죠. 조상들은 남은 물이 다 사라
지기 전에 긴급 처방을 내렸어요. 땅 위의 모든 물들
을 전기 분해해서 산소를 만들어 저장했던 거예요.

생존에 필요한 최소한의 물은 남북극과 지하에 있는 얼음을 녹여
서 충당했어요. 화성 상공에 넓게 퍼져 있던 수증기도 요긴하게 쓰
였고요.

"그럼 그때까지도 화성에 물이 있었다는 거네?"

"그럼요. 비록 옛날에 비하면 개울 수준이었지만. 백만 년 전만 해

도 큰 강과 계곡마다 맑은 물이 풍부하게 흘렀대요. 더 오래전엔 바
다도 있었고요."

"그럼 지금 화성에 물이 없는 건 그때 다 분해해 버려서?"

노빈손의 질문에 스라모트가 고개를 저었다.

"그러지 않았어도 다 사라졌을 거야. 지금처럼 낮은 온도와 기압
에선 물이 액체 상태로 존재할 수 없으니까."

"맞아요. 그래서 분해했던 거예요. 어차피 없어질 물이었으니까."

꿀꺽! 말숙이가 목이 마른 듯 마른침을 잇달아 삼켜 댔다.

……지구로의 이주를 차근차근 준비하고 있을 무렵, 녹색 종족이
화성을 공격했어요. 멀리 태양계 바깥에서부터 여러 행성들을 박살
내며 정착지를 찾아 헤매던 떠돌이 종족이었죠.

치열한 싸움 끝에 두 종족은 영토를 나눠 가진 채 휴전했어요. 그
들은 평야지대를, 우리는 고원지대를 차지했죠. 녹색 종족이 고원지
대를 포기한 건 분화구 주위에 맴도는 유황과 메탄
가스를 아주 싫어했기 때문이었대요.

그때부터 두 종족은 각기 하나씩의 달을 차지하고 그곳에 정찰 기지를 만들어 서로를 감시했어요. 녹색 종족은 낮고 빠른 달을, 붉은 종족은 높고 느린 달을 차지했죠.

"콧구멍 말이지?"

노빈손이 다시 알은체를 했다.

"어머! 어떻게 알죠? 원래 붉은 종족에겐 화성을 상징하는 그림이 있어요. 점토판에도 적혀 있었죠? 두 개의 달을 품은 우리의 고향! 나도 어릴 때 그림 속의 달이 콧구멍 같다고 친구들이랑 웃곤 했었는데, 지구인이나 화성인이나 상상력은 비슷한 모양이죠?"

"그런데 둘 중 어떤 게 너희들의 달이지?"

노빈손의 궁금증을 스라모트가 곧바로 풀어 주었다.

"데이모스지. 포보스보다 고도가 높고 공전 속도가 느리니까. 덩치는 포보스가 약간 더 크고."

"그럼 콧구멍도 짝짝이로 그려야겠네요. 히힛."

저걸 그냥! 말숙이의 콧구멍에서 콧김이 팍팍 새어 나왔다.

6만 년의 약속 (2)

……1만 8천 년 전, 드디어 예정된 날이 다가왔어요. 붉은 종족의

절반은 지구로 가고 절반은 남아서 기다리기로 했죠. 정확히 말하면, 냉동된 채 북극의 얼음 밑에서 긴 잠을 자는 거였어요. 슬프지만 어쩔 수 없었어요. 그때 이미 화성의 환경은 겨우 몇 년도 버티기 힘들 정도로 망가져 있었으니까요.

한꺼번에 떠나지 않기로 한 건 혹시라도 지구에서 적응에 실패할 경우 종족 전체가 멸망하는 걸 막기 위해서였어요. 먼저 간 형제들이 지구에 적응한 뒤, 그들의 후손이 먼 훗날 나머지 형제들을 데리러 오라는 거였죠.

떠나는 형제들은 수도의 벌판 위에 거대한 피라미드와 얼굴을 만들었어요. 피라미드는 태양에 대한 영원한 숭배를 의미했죠. 그리고 얼굴은 고향에 남기로 한 붉은 종족의 왕 데르의 것이었어요.

화성의 벌판에서 머나먼 지구를 굽어보는 슬픈 눈의 왕! 그는 다름 아닌 제 아빠였지요.

"아빠의 추측이 옳았어. 사이도니아의 얼굴과 피라미드는 단순한 바위산이 아니었던 거야."

은별이 슬픈 눈빛으로 말했다. 고 박사는 어느새 딸의 무릎을 베고 쿨쿨 잠들어 있었다.

"그럼 점토판은 3천 년 전에 새겨진 거로군. 1만 5천 년 전에 지구로 왔다고 적혀 있

소행성들이 화성의 자전을
느리게 했을까?

화성은 자전 속도도 특이하다. 크기나 질량, 태양과의 거리 등만 놓고 보면 약 8시간에 한 번 꼴로 자전해야 하는데 이상하게도 3배나 느리게 돌고 있다. 몇몇 과학자들은 그게 소행성의 충돌 때문이라고 추측한다. 강력한 충돌로 인해 화성의 자전축이 심하게 뒤틀리고 자전 속도도 비정상적으로 느려졌다는 것. 화성 공주 하르모니아의 이야기엔 나름의 근거가 있는 셈이다.

으니."

스라모트가 말했다.

와! 어떻게 금방 계산했지? 말숙이가 손가락을 꼽기 시작했다. 1만 8천 빼기 1만 5천이니까, 우선 0에서 0을 빼고······.

말숙이의 힘겨운 주먹구구는 하르모니아가 다시 얘기를 시작한 뒤에도 한참 동안 계속되었다.

······그런데 문제가 터지고 말았어요. 출발 직전에 녹색 종족의 대규모 공격이 시작된 거예요. 그들은 예전부터 탐내던 우리의 생명공학 기술을 훔치려 했어요. 자기들 역시 다른 행성에 정착하려면 신체 구조를 바꿀 필요가 있었으니까요.

싸움은 아주 무시무시했어요. 간신히 그들을 물리치긴 했지만, 지구에 싣고 가려던 모든 기계들과 설계도, 물자들이 깡그리 파괴되고 말았죠. 게다가 10만 명의 형제들 중 겨우 1만 명만 살아남았어요. 맨 앞에서 전투를 지휘하던 아빠도 그때 목숨을 잃었고요.

열세 살이던 나는 원래 지구로 떠나는 무리에 속해 있었어요. 하지만 돌아가신 아빠를 대신해서 고향에 남기로 했죠. 희생자들을 피라미드 안에 묻던 날, 난 비로소 알았어요. 아빠가 마지막 순간까지 눈을 부릅뜬 채 숨을 거두었다는걸.

하르모니아의 목소리가 가늘게 떨렸다. 그러자 은별이 그렁그렁한 눈길로 손을 꼭 쥐어 주었다. 아빠를 생각하는 두 딸의 마음이 통

해서였을까. 서로를 바라보는 눈빛에서 깊고 따뜻한 우정 같은 게
느껴졌다.

"고마워요, 은별 언니."

"미안해. 난 그런 줄도 모르고 우리 아빠만 걱정하고 있었어."

찡한 와중에도 노빈손의 얼굴에 슬며시 장난기가 떠올랐다.

"하르모니아가 훨씬 언니 아냐? 나이가 무려 열셋 더하기 1만 8천
살인데. 지구에 와서도 몇 살 더 먹었고……."

"흥! 언니는 무슨."

말숙이가 콧방귀를 뀌며 말했다.

"할머니라면 몰라도."

후훗! 어쩌면 하르모니아가 한국어로 '할머니야!' 인지도 모르지.
아님 말고.

……남기로 한 5천 명은 떠나는 5천 명을
눈물로 배웅했어요. 텅 빈 우주선에 오르는
형제들의 손에 남은 거라곤 오직 5개의 투
구뿐이었죠. 4명의 족장들과 1명의 예언자
가 한 개씩 갖고 있던…….

투구는 그들을 고향과 이어 줄 유일한 끈
이었어요. 그걸 쓰면 화성에서 보내는 전파
를 받을 수 있고 응답을 보낼 수도 있죠. 붉
은 종족 특유의 뇌파를 이용해서요. 비록

'하르모니아'의 뜻은?
하르모니아는 그리스 신화의 군
신 아레스(=마르스=화성)와 아
름다움의 여신 아프로디테 사이
에서 태어난 딸의 이름이다. 즉,
하르모니아는 화성의 딸이다. 그
리스어로는 '조화'를 뜻하며, 영
어의 '하모니(harmony : 조화)'
라는 단어 역시 여기에서 나왔
다. 지구인들과의 화합을 꿈꾸는
화성 공주의 이름으로는 아주 제
격인 셈이다. 아무튼, '할머니야'
는 절대 아니다!

155

간단한 신호를 주고받는 것에 불과하지만, 고향을 잊지 않게 해 주는 중요한 버팀목이었다고나 할까요.

교신은 두 별이 가까워질 때마다 정기적으로 이루어질 예정이었어요. 5개의 투구는 후손에서 후손으로 대를 이어 전해질 거였고요. 아들이건 딸이건 그런 건 아무 상관없었죠.

지구와의 교신을 맡은 건 화산 밑에 설치된 거대한 컴퓨터예요. 지구인들이 올림푸스라고 부르는 그 화산은 이를테면 우주의 중계탑인 셈이죠.

컴퓨터에겐 냉동되어 있는 형제들을 녹색 종족으로부터 보호하는 임무도 함께 주어졌어요. 붉은 종족의 모든 정보와 과학 기술이 담겨 있는 그 인공 지능 컴퓨터의 이름은 '쎄라'예요.

"허튼의 통화 중에 등장했던 전파가 바로 그거였군."

스라모트가 고개를 끄덕였다. 고 박사의 일기에 의하면 세티(SETI)가 올림푸스 상공에서 전파를 포착했던 건 2001년 6월. 지구와 화성이 21세기 들어 처음으로 '충'이 되었던 시기다. 그 전파는 2만 년 가까이 얼음 속에 잠들어 있는 붉은 종족들이 지구로 떠난 형제들을 부르는 간절한 외침이었던 것이다.

오랜 인연, 왕의 얼굴, 그리고 투구!

이제 점토판 글귀의 절반은 설명이 된 셈이었다.

……나를 비롯한 남은 형제들은 '두 별의 재회'를 기다리며 기나

긴 겨울잠에 들었어요. 재회란 또 한 번의 '최대접근'을 뜻해요. 지구 날짜로 2003년 8월 27일, 두 별의 거리는 6만 년 전 그날 이후로 가장 가까워졌죠. 붉은 종족의 과학자들은 오래전에 이미 그걸 계산하고 있었어요.

애초의 계획은 지구 후손들의 대표가 때를 맞춰서 화성을 찾아오는 거였어요. 그가 투구를 지닌 붉은 종족의 후손임이 확인되면 쎄라는 즉시 냉동된 형제들을 깨우게 되어 있었죠.

깨어난 이들이 녹색 종족의 방해를 뚫고 지구로 옮겨 와 후손들과 더불어 행복하게 사는 것! 바로 그게 조상들이 준비했던 '6만 년 프로젝트'의 결말이었어요.

"네가 깨어나 지구로 왔다는 건, 그 계획이 성공했다는 뜻인가?"

스라모트의 질문에 하르모니아가 씁쓸한 얼굴로 고개를 저었다.

"실패했죠. 적어도 지금까지는."

지금까지는? 그게 무슨 의미일까? 하지만 노빈손이 입을 열기도 전에 레옹 형제의 다급한 목소리가 잇달아 들려왔다.

"비상! 비상!"

"녹색 괴물이 나타났다!"

마침내 또 하나의 화성 종족, 녹색 추적자가 그 모습을 드러냈다.

화성의 독특한 지형

화성은 북반구 대부분이 남반구보다 낮게 푹 꺼져 있는 독특한 지형의 행성이다. 북반구에 거대한 소행성이 충돌한 탓이라는 게 다수 과학자들의 의견이지만 정반대 의견도 있다. 소행성들이 남반구를 강타하면서 생긴 엄청난 충격파 때문에 북반구의 지표면이 통째로 떨어져 나갔다는 것. 화성의 대기권도 그 충격으로 파괴되었을 거라는 게 그들의 주장이다.

녹색 괴물과의 한판 승부

"맞아! 바로 저놈이야."

말숙이가 외쳤다. 어느새 새벽! 먼동이 터 오는 산길 위로 거대한 그림자가 땅을 쿵쿵 울리며 다가오고 있었다. 아주 느리게, 굼벵이처럼.

"어서 피하자. 빨리 뛰면 따라오진 못할 거 아냐."

은별이 외쳤다. 스라모트가 재빨리 고 박사를 둘러업고 뛸 채비를 했다. 하지만 레옹 형제는 뚱한 얼굴로 엉거주춤 서 있었다. 지구 방위를 위해 모인 우주 전사들이 도망갈 생각부터 하는 게 영 못마땅한 모양이었다.

"빈손! 뭐 해? 서둘러."

은별이 재촉했지만 노빈손은 고개를 저었다. 그러고는 레옹 형제를 돌아보며 말했다.

"헤이! 지구의 영웅들. 잘 들으시오. 저 바위 뒤에 숨어 있다가 내가 신호를 하면……."

옳거니! 드디어 작전 지시를 내리는구나. 역시 안드로메다의 대표 답군. 과연 어떤 작전일까? 신호를 하면 좌우협공? 아니면 속임수 작전? 그러다가 광선총이나 광선검으로 결정타를? 하지만 노빈손의 뒷말은 전혀 뜻밖이었다.

"있는 힘껏 질러요. 알았소?"

"지르라뇨?"

"고함을 질러 대란 말이오."

무슨 작전이 그래? 어리둥절한 레옹 형제에 이어 이번엔 말숙이에게 지시가 떨어졌다.

"마르슈! 그대는 저 우주 식량을 몽땅 뱃속에 털어 넣으시오. 어서!"

말숙이의 눈빛이 멍해졌지만 썩 나쁜 지시는 아니었다. 먹으라면 먹지 뭐! 큰 봉지에 절반쯤 남은 초코볼이 뭉텅이로 목구멍을 넘어가기 시작했다.

"조심들 하시오. 괴물이 총을 겨누면 즉시 지그재그로 움직여요. 동작이 느리니까 정확히 조준하긴 힘들 거요."

은하 사령관 같은 노빈손의 엄숙한 말투! 다들 영문을 알 수 없었지만 지금으로선 달리 방법이 없었다. 시키는 대로 요리조리 뛰는 수밖에. 잠시 후, 30미터 앞까지 접근한 녹색 괴물의 레이저 총이 눈부신 섬광을 뿜으며 발사되기 시작했다.

슈웃! 콰앙!

"으하하! 어림없다."

슈우웃! 와르르르—.

"그렇게밖에 못 쏴?"

노빈손이 캥거루처럼 껑충대며 나불거렸

충돌 분지 반대편의 화산과 계곡

소행성이 화성 남반구에 충돌했을 때 그 충격으로 반대편 땅의 일부가 솟아오르거나 갈라졌을 거라는 주장도 있다. 제일 큰 충돌 분지인 헬라스 분지 반대편에 거대한 화산들과 타르시스 고원, 땅이 찢어진 것처럼 보이는 마리네리스 계곡이 있다는 게 주된 근거다. 지구에서도 6천500만 년 전 멕시코에 혜성이 충돌했을 때 정반대편인 인도에 데칸 고원이 솟아오르며 화산이 폭발했다.

다. 숨이 가빠서인지 약이 올라서인지, 괴물이 거칠게 씩씩거리는 소리가 또렷이 들려왔다. 20미터! 15미터! 10미터! 5미터!

"지금이야!"

노빈손이 재빨리 레옹 형제에게 신호를 보냈다. 그러자 엄청난 고함 소리!

으아아아아아! 꺄아아아아아아악!

"앗!"

"어럽쇼?"

사람들의 입에서 일제히 놀라움의 탄성이 터졌다. 대체 이게 웬일? 괴물이 느닷없이 레이저 총을 내던지더니 손으로 귀를 틀어막으며 괴로워하는 게 아닌가.

"다들 합세해요. 어서!"

화성엔 소음 공해가 없다
몇 년 전, 미국의 롱 박사가 아주 재미있는 실험을 했다. 화성 공기의 95퍼센트인 이산화탄소를 화성과 똑같은 밀도(지구의 100분의 1)로 퍼뜨려 놓은 가상 공간에서 음파 진행을 10억 분의 1초 간격으로 계산한 것. 그러자 지구에선 몇 킬로미터씩 퍼지는 큰 소음도 화성에선 겨우 수십 미터만에 사라지는 걸로 나타났다. 음파를 전달하는 공기가 희박한 화성에선 소음 공해는 걱정할 필요가 없을 듯.

나머지 사람들이 우르르 몰려와 괴물을 둘러쌌다. 그러고는 젖 먹던 힘까지 짜내어 목청을 돋우기 시작했다. 이유는 모르지만 괴물이 괴로워하고 있으니 최대한 고래고래 소리를 질러대는 수밖에. 특히 남다른 목청을 지닌 말숙이의 활약이 눈부셨다.

"마르슉! 돌아서서 엎드려!"

비틀거리는 괴물을 곁눈질하며 노빈손이 외쳤다. 말숙이가 빙글 몸을 돌려 엉덩이를 들고 엎드렸다. 그러자 급하게 먹은 초코볼

때문인지 갑자기 속이 메슥거리기 시작했다.

"발사!"

뭔 소리야? 말숙이가 어리둥절한 표정을 지었다.

"빨리 뀌어! 방귀! 니 특기잖아."

"그거였어? 그야 어렵지 않지. 안 그래도 속이 부글부글했는데."

뿔름뿔름! 그리고 뿌우우웅!

"커억!"

외마디 비명과 함께 괴물의 무릎이 힘없이 꺾였다. 그러더니 네

발로 엉금엉금 기어 아까 왔던 길을 되돌아가기 시작했다. 배추벌레처럼 바르작거리며 도망치는 녹색 괴물의 귓속에서 노빈손의 웃음소리가 귀울림처럼 윙윙거렸다.

✉ **까말 》》》** 임무가 너무 싱거움. 당분간은 별일 없을 듯함.

허튼 》》》 무슨 소리! 방심은 금물이다.

두 눈 부릅뜨고 계속 감시해.

"그러니까, 화성과 지구의 차이를 이용했다 이건가?"

"맞아요. 화성의 공기 밀도는 지구의 100분의 1. 공기를 통해 전달되는 음파도 훨씬 약하겠죠. 따라서 화성인들은 당연히 지구인보다 청각이 훨씬 예민할 거라고 짐작했어요. 안 그러면 바로 옆에서 하는 말도 듣기가 힘들 테니까요."

"그렇군. 같은 소리라도 지구에선 훨씬 크게 들릴 텐데 게다가 귀까지 예민했으니."

"오호라! 그래서 그렇게 괴로워했구나."

"아마 고막이 터지는 줄 알았을걸?"

노빈손이 의기양양하게 말했다. 끄덕거리던 말숙이가 다시 갸웃하며 물었다.

"그럼 방귀는?"

"아, 그거? 녹색 종족이 유황과 메탄가스를 싫어한다는 말에서 힌트를 얻은 거야.

화성인은 청각이 예민하다
만일 지구인이 화성에 간다면 남들의 속삭임을 엿듣는 건 불가능하다. 낮은 공기 밀도 때문에 작은 소리는 거의 들리지 않을 테니까. 반대로 화성인이 지구에 온다면 아주 작은 소리에도 깜짝 깜짝 놀랄 것이다. 똑같은 소리라도 지구에선 훨씬 크게 들릴테니까. 지구와 화성의 차이를 이용한 노빈손의 '음파 공격'은 매우 과학적인 작전이라는 얘기다. 역시 노빈손!

뭔가 지독한 거부 반응 때문에 그런 건 아닐까 싶었던 거지."

"그래서 나한테 급히 초코볼을 먹인 거였어?"

"당연하지. 니 방귀는 소리와 냄새 모두 세계 최강이잖아."

"노! 우주 최강일세."

풋! 은별과 하르모니아가 동시에 손으로 입을 가리며 웃었다.

모처럼 찾아온 즐거운 시간. 하지만 안심하긴 일렀다. 아직 해결된 건 아무것도 없었고, 녹색 괴물 역시 이대로 추격을 포기하진 않을 것이었다.

문 밖에선 레옹 형제가 허튼 박사의 지시대로 '두 눈 부릅뜨고' 한적한 산길을 노려보고 있었다.

호빗족의 눈물

"내가 냉동에서 깨어난 건 2003년의 첫날이었어요. 지구에서 찾아올 후손을 맞이하기 위해 쎄라가 남들보다 일찍 깨운 거죠. 원래는 아빠가 했어야 할 일을 내가 맡았던 거예요."

"난 누가 깨우는 게 제일 싫던데."

말숙이가 눈을 부비며 말했다. 밤을 꼬박 새운 탓에 다들 눈이 뻑뻑했지만 조는 사람은 아무도 없었다. 쎄근거리는 고 박사의 숨소리만 낮게 들려올 뿐이었다.

"그 무렵부터 쎄라는 화성 전역에 강한 모래폭풍을 일으키기 시작했어요. 녹색 종족의 감시의 눈길로부터 후손들을 보호하기 위해서였죠."

"그랬었군."

고 박사가 나사를 떠날 무렵에 시작된 화성 모래바람의 정체는 바로 그것이었다.

방 안이 조금씩 환해졌다. 작은 창문으로 햇빛 한 줄기가 길게 스며들었다.

……나는 즉시 쎄라를 통해 그동안의 상황을 확인했어요. 1만 8천 년 동안 아무 탈 없이 교신이 이어졌을 거라고, 지금쯤이면 지구의 후손들은 탁월한 과학 문명을 누리고 있을 거라고 믿었지만, 예상은 완전히 빗나가 버렸죠.

모래폭풍은 왜 생길까?
화성의 모래폭풍은 왜 생길까? 바람에 휘말려 올라간 모래들이 태양열을 흡수하고, 그로 인해 더욱 따뜻해진 공기가 계속 소용돌이치며 상승하기 때문이다. 남반구의 봄과 여름 사이에 특히 자주 발생하는데, 화성 전체를 덮어 버릴 정도로 규모가 커지는 경우도 많다. 그럴 때면 붉은 화성이 누렇게 보이므로 그 모래들을 '황운(누런 구름)'이라 부르기도 한다.

교신은 오래전에 이미 끊긴 상태였어요. 형제들은 지구 곳곳으로 뿔뿔이 흩어져 있었고요. 쎄라는 그동안 받았던 뇌파 신호들을 꼼꼼히 분석해 뒀어요. 그걸 보낸 형제들의 몸과 마음이 어떤 상태였는지 짐작할 수 있도록.

그들이 도착했을 때 지구는 굉장히 추웠던 것 같아요. 조상들이 지구를 탐사했던 6만 년 전과는 사뭇 다른 기후였죠. 그래도 화성 출신이니까 추위는 견딜 수 있었을 텐데, 뭔가 다른 문제들이 있었던 모양이에요. 혼란과 공포, 절망 같은 감정들이 뇌파 속에 또렷이 드러나 있더군요.

"혹시……."

은별이 조심스레 입을 열었다.

"지구에 처음 도착한 곳이 어디인지 알아?"

"네. 우주선의 착륙 지점이 정해져 있었으니까요. 거긴 바로……."

하르모니아가 벽에 걸린 세계지도 위의 한 곳을 가리키며 말했다.

"이 섬이었어요."

"아!"

역시 그랬구나! 설마 했었는데……. 은별의 눈빛이 파르르 떨렸다. 잠시 후 흘러나온 충격적인 이야기!

"거긴 인도네시아의 플로레스 섬이야. 몇 년 전에 전 세계 고고학자들의 눈길이 쏠렸던 곳이지. 그 섬의 리앙부아 동굴에서 아주 특이한 유골들이 발굴됐거든. 인류의 직계 조상인 호모 사피엔스와는 여러모로 다른, 키가 겨우 1미터에 불과한 사람들의 유골이었어."

"그, 그럼 그 유골들이……."

하르모니아가 너무 놀란 나머지 말을 잇지 못했다.

"그런 것 같아. 붉은 종족이 도착했을 무렵인 1만 8천여 년 전의 유골로 밝혀졌으니까. 학자들은 그 작은 인류에게 '호빗족'이라는 별명을 붙였지만 정확한 정체는 파악하지 못했지. 그런데 이제 보니……."

난쟁이 인류 호빗족이 다름 아닌 화성인들이었다니! 하르모니아가 떨리는 목소리로 물었다.

"그럼 뇌파에 담겼던 공포의 원인은?"

혹시 지구의 터줏대감이던 크로마뇽인들이 습격을? 하지만 그게 아니었다.

"그때 지구는 빙하기였어. 뷔름빙기가 절정을 지나 내리막으로 들어선 때였지. 빙하가 맹렬히 녹아내리고 기후가 급속히 바뀌면서 엄청난 홍수, 지진, 화산 폭발, 해일 등이 잇달아 일어났어. 그들로서는 감당하기 힘든 재앙이었을 거야."

아아! 하르모니아의 몸이 힘없이 무너져 내렸다.

제 손으로 직접 배웅했던 그리운 형제들! 맨몸으로 지구를 향해 떠났던 그들에게 그런 잔인한 재앙이 닥쳤을 줄이야. 밤하늘에 뜬 붉은 별을 바라보며 울부짖었을 형제들의 고통이 1만 8천 년을 뛰어넘어 고스란히 전해지는 듯했다.

은별이 하르모니아를 안았다.

지구의 햇살이 화성 공주의 눈물을 따스하게 말려 주었다.

호빗족의 정체는?
플로레스 섬에서 1만8천 년 전의 유골들이 발견된 건 2003년. 어른의 키가 1미터에 불과했고 도구를 사용할 줄 알았던 이 작은 인류의 정체는 지금까지도 학자들 사이의 논란거리다. 호모 에렉투스의 변종? 유전병에 걸린 호모 사피엔스? 섬 이름을 따서 '호모 플로레시엔스'라는 학명이 붙긴 했지만 그것보단 영화 「반지의 제왕」에서 따온 '호빗족'이라는 별명이 더 유명하다.

붉은 종족의 길고 먼 이동

　……살아남은 형제들은 곧 섬을 떠나 대륙으로 이동했어요. 그러고는 다섯 방향으로 뿔뿔이 흩어졌죠. 종족의 멸망을 막기 위해 절반이 고향에 남았듯, 지구에서도 한꺼번에 멸망하는 게 두려워 그런 선택을 한 거 같아요. 투구를 지닌 족장들과 예언자가 한 무리씩 이끌고 움직였겠죠.

　이후 1만 3천 년 동안 뇌파가 발신된 곳을 확인해 보니 이동 경로는 아주 멀고도 다양하더군요. 그 길을 직접 보여 드릴게요.

　하르모니아가 세계지도 위에 선을 그리기 시작했다. 적도 근처의 플로레스 섬에서 시작된 선은 인도차이나 반도를 지나면서부터 인도와 중국 쪽으로 갈라졌다. 인도에서 한 개의 선이 서쪽으로 갈라져 나갔고, 그 선은 지중해 들머리에서 다시 두 개로 갈라졌다.

　중국에서도 한 개의 선이 갈라져 북쪽으로 올라갔다. 그 선이 동쪽으로 휘어져 바다를 건너는 순간, 은별이 놀란 눈으로 외쳤다.

　"베링 해협을 건넜어!"

　베링 해협! 아시아 대륙과 아메리카 대륙이 서로 마주보고 있는 곳. 아득한 옛날, 아시아에 살던 한 무리의 인류가 칼바람 부는 시베리아 벌판을 지나 얼음으로 뒤덮인 베링 해협을 건넜고, 그들은 아메리카 인디언(또는 인디오)들의 조상이 되었다. 그런데 붉은 종족의 후손들이 바로 그 길을 걸어갔다니!

"그곳을 건넌 때가 언제쯤이지?"

"지구에 와서 6천 년 뒤니까 1만 2천 년쯤 전이네요."

틀림없어! 시기마저 일치하는 걸 보면. 그 옛날 저 해협을 건너갔던 사람들 중에 붉은 종족이 섞여 있었던 거야. 그 엄청난 대이동이 지구인과 화성인의 합작품이었을 줄이야.

그러나 이어지는 얘기는 더욱 놀라운 것이었다.

……그 뒤로도 뇌파 발신 장소는 계속 바뀌었어요. 그러다가 약 6천 년쯤 전부터 눈에 띄게 이동 속도가 줄어들기 시작했고, 5천 년 전부터는 5개 중 4개의 무리가 이동을 중단했어요.

그들이 정착한 곳이 어디였나 하면…….

"여기랑 여기, 여기, 그리고 여기였어요."

하르모니아가 지도 위의 네 곳에 별표를 그렸다. 중국 북부에 하나, 인도에 하나, 아시아의 서쪽 끝에 하나, 그리고 지중해 남쪽의 북부 아프리카에 하나.

"오!"

말숙이를 뺀 세 사람의 입에서 동시에 탄성이 터져 나왔다.

지도 위에 나타난 네 개의 별표!

그곳은 바로…….

마틴 대 포크

시카고 박물관의 마틴 박사는 "호빗족은 몸과 두뇌가 쪼그라드는 '소두증'에 걸린 호모 사피엔스"라고 주장했다. 하지만 미국 인류학자 포크 교수가 호빗족 여자 유골 'LB1'과 오늘날의 인류(호모 사피엔스), 소두증 환자, 왜소증 환자의 유골을 비교한 결과 LB1은 소두증이 아니었고 호모 사피엔스와는 별개의 종으로 파악되었다. 포크 교수의 연구 결과는 미국 국립과학원 회보에 실렸다.

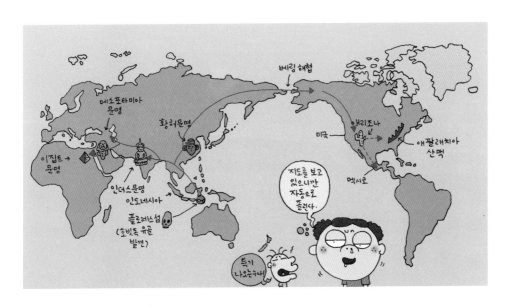

5천 년 전(기원전 3천 년)에 지구에 등장했던 찬란한 고대 문명!
'4대 문명'의 발상지였다.

아름다운 이름! 우주 문명

"그 4대 문명이라는 게 지구의 역사에서 그렇게도 중요한 건가
요?"

"물론이지."

"어째서요?"

하르모니아의 얼굴에 소녀다운 호기심이 어렸다.

"그건 인류의 문명을 한 단계 끌어올리는 거대한 계단이었어. 왜 냐하면……."

고고학자 은별의 설명이 한동안 이어졌다. 석기시대에서 청동기 시대로의 발전, 최초의 문자, 최초의 도시, 최초의 왕, 최초의 법률, 심지어 최초의 하수도까지. 그 시대에 꽃피었던 수학과 천문학, 예 술과 종교 등에 대한 설명도 물론 빠트리지 않았다.

"쳇, 그럼 뭐해?"

말숙이가 뚱한 얼굴로 어깃장을 놓았다.

"그 위대한 4대 문명이 알고 보니 화성인들의 작품이었다 이거잖 아. 재 말대로라면."

하긴, 외계인에 의해 이룩된 문명이라면 아무리 훌륭하다한들 지 구인이 자랑스러워할 일은 아니지. 하지만 하르모니아는 곧바로 고 개를 저었다.

"난 그렇게 생각하지 않아요."

"어째서?"

"그건 절대 붉은 종족 혼자만의 힘으로 이룩된 게 아니니까요."

"그렇게 생각하는 이유가 뭐지?"

"지구는 무인도가 아니잖아요. 그때 지구엔 수많은 인간들이 존재 하고 있었어요. 4대 문명이 생겨난 장소들이 문명 탄생에 가장 적합 한 곳들이었다면, 거기에 붉은 종족들만 살았을 리는 없잖아요?"

듣고 보니 그렇군! 지구인들이 죄다 증발했을 리도 없고.

"나 역시 같은 생각이야. 왜냐하면⋯⋯."

은별이 말했다.

"4대 문명 지역에선 지금까지 수많은 유적 발굴이 이루어졌어. 하지만 호빗족처럼 작은 사람들의 흔적은 발견되지 않았지."

"그렇지만 분명히 뇌파 신호가 있었다고 했잖아요?"

노빈손이 갸웃하며 물었다. 뇌파는 있었는데 호빗족은 없었다? 이걸 대체 어떻게 해석해야 할까?

"난 그 이유를 알 것 같군."

스라모트가 입을 열었다. 모두의 눈길이 그에게 쏠렸다.

"붉은 종족은 오랜 이동을 거치는 동안 서서히 지구인을 닮아 간 거야. 지구인들을 만나고, 함께 생활하고, 가족과 사회를 이루면서 자연스럽게 체격과 피부색이 바뀌었던 거지. 1만 3천 년은 그런 변화가 일어나기에 아주 충분한 시간이 아니었을까?"

"그랬을 거 같아요. 바로 그게 조상들의 뜻이기도 했고."

"조상들의 뜻이 뭐였는데?"

"지구인들과 하나가 되는 거죠."

"흠, 하나라⋯⋯."

"우린 지구를 붉은 종족이 독차지하는 걸 원했던 게 아니에요. 그건 침략이죠. 우리가 원했던 건 서로 다른 두 별의 인류가 함

또 하나의 작은 인류
2006년, 남태평양의 섬나라 팔라우에서 호빗족과 비슷한 유골들이 또다시 발견되었다. 약 3천 년 전에 살았던 걸로 추측되는 이 인류는 두개골 구조가 호빗족보다 호모 사피엔스에 훨씬 가까웠다고 한다. 그들은 플로레스 섬에서 건너 온 호빗족의 후예였을까? 아니면 서로 다른 종이었던 호빗족과 호모 사피엔스 사이에서 태어났을까? 아직은 분명하게 말할 수 없다.

께 어울려 사는 거였어요. 만일 녹색 종족이 우리와 같은 생각이었다면 우린 기꺼이 생명공학 기술을 나눠 줬을 거예요."

"그럼 결론은……"

노빈손이 입을 열었다.

"4대 문명 발상지에 붉은 종족 후손들이 살긴 했지만 더 이상 호빗족은 아니었다는 거네."

"그렇죠. 그들의 몸속엔 화성인과 지구인의 피가 절반씩 흐르고 있었던 거예요. 물론 고향과 뿌리를 잊지는 않았겠죠. 한편으론 지구인으로 살아가면서, 또 한편으론 투구를 대대로 물려주며 형제들과의 재회를 기다렸던 게 분명해요."

"하긴, 그러니까 뇌파 신호가 그때까지도 계속되었겠지."

스라모트의 말에 모두들 동감이라는 듯 고개를 끄덕였다.

무시무시한 모래폭풍
2001년 6월에 화성 헬라스 분지에서 시작된 모래폭풍은 급속히 발달해 적도를 넘더니 7월 하순엔 북극까지 진출했다. 그 당시 탐사선이 찍은 사진을 보면 남극관을 제외한 화성 전체가 뿌연 모래로 뒤덮인 걸 볼 수 있다. 이런 큰 규모의 모래폭풍의 풍속은 자그마치 초속 100미터! 만일 지구에서 그런 바람이 분다면 '사상 최악의 무시무시한 태풍'으로 기록될 것이다.

재앙이 빗발치던 지구에 맨몸으로 와서 오랜 고통을 겪었던 붉은 종족! 그러다 마침내 터를 잡고 지구인들과 함께 위대한 문명을 일궈 낸 화성인의 후손들! 그들이 조상들로부터 물려받은 지식과 지혜들은 지구의 4대 문명에도 큰 영향을 끼쳤을 것이었다.

"그래서! 4대 문명이 지구 문명이라는 거야, 아니면 외계 문명이라는 거야?"

한동안 잠자코 있던 말숙이가 콧잔등을

찌푸리며 물었다.

쯧쯧, 쟤는 뭐든지 '도 아니면 모'가 되어야만 직성이 풀리는 애라니까. 노빈손이 가만히 혀를 찼다.

"둘 다 아니죠. 4대 문명은 굳이 말하자면……."

하르모니아가 방긋 웃으며 말했다.

"우주 문명이에요."

빙고! 노빈손은 그 표현이 몹시 마음에 들었다. 서로 다른 두 행성의 인류가 지혜를 모아 함께 만들어 낸 문명이니, 이름치곤 아주 제격이라는 생각이 들었던 것이다.

인류의 삶을 바꾼 역사의 계단!

그건 지구 문명도 화성 문명도 아닌, 이름마저 아름다운 우주 문명이었다.

✉ **허튼** ⟫⟫⟫ 자냐?

까말 ⟫⟫⟫ …….

(쿨쿨~ 드르렁~ 푸우~ 빠드득!)

허튼 박사의 야심

"젠장! 열두 번이나 문자를 보내도 답이 없다니. 미행 중에 함부로 전화를 걸 수도 없고."

허튼 박사가 짜증을 내며 전화기를 팽개쳤다. 하루 종일 뜬구름 같은 소리들만 늘어놓더니 이젠 아예 응답도 없어? 내가 이런 얼간 이들을 믿고 일을 맡겨 놓았으니…….

"은별이 분명히 고민중을 만날 텐데. 그 자는 투구를 찾았을까?"

허튼 박사가 책상 위를 힐끗 쳐다보았다. 7년 전에 훔쳐 낸 점토판 파일이 모니터에 떠 있었다. 그는 오랫동안 끙끙거린 끝에 2005년 에야 겨우 그걸 해독했다. 하지만 '두 별의 재회'가 이루어진 2003 년은 이미 아무 일도 없이 지나가 버린 뒤였다.

그래도 그는 점토판에서 눈길을 뗄 수 없었다. 그해 8월에 6만 년 만의 최대접근이 있었던 것도 마음에 걸렸고, 하필 그 무렵에 맹렬 하게 몰아쳤던 화성의 모래폭풍도 왠지 꺼림칙했다. 세티(SETI)의 전파 망원경에 잡히던 전파마저도 그때부터 뚝 끊겨 버렸다.

레옹 형제에게 은별을 미행시킨 건 그래서였다. 고 박사를 찾아낼 수 있는 유일한 사람은 다름 아닌 딸일 테니까. 공부를 마치자마자 한국행 비행기 표를 끊은 걸로 봐서 어쩌면 둘만 아는 비밀 장소가 있는지도 몰랐다.

"대체 어디서 뭘 하고 있는 걸까?"

허튼 박사의 손가락이 마우스를 톡톡 건드렸다. 화성의 모습이 담 긴 사진들이 모니터에 죽 떠올랐다. 올림푸스 산, 마리네리스 계곡, 그리고 남북극의 하얀 극관…….

고 박사가 떠난 뒤에도 인류의 화성 탐사는 줄기차게 계속되었다.

2003년엔 유럽우주국(ESA)에서 쏘아 올린 〈마스 익스프레스〉가 화성 궤도를 돌기 시작했고, 2004년엔 나사의 쌍둥이 탐사 로봇 〈스피릿〉과 〈오퍼튜니티〉가 착륙하여 지금껏 화성 곳곳을 누비고 있다.

그뿐이랴. 2005년에 발사된 나사의 화성정찰궤도선 〈마스 리커니슨스 오비터〉에선 예전과는 비교할 수 없는 또렷한 사진들이 매일 날아 온다. 2008년 5월엔 나사의 〈피닉스〉가 처음으로 화성 북극에 착륙하여 5개월 동안 여러 가지 실험을 진행하기도 했다.

성과는 눈부셨다. 〈마스 익스프레스〉는 화성 상공에 메탄가스와 수증기가 농축되어 있음을 확인했고, 〈스피릿〉과 〈오퍼튜니티〉는 한때 화성에 물이 풍부했었다는 증거들을 잇달아 찾아냈다. 로봇 팔로 긁어 들인 화성의 흙을 분석한 〈피닉스〉는 북극의 땅 겨우 5센티미터 밑에 두꺼운 물 얼음이 존재한다는 걸 최초로 확인시켜 주었다. 그러나……

"눈에 보이는 게 전부가 아니야. 난 느낄 수 있어. 보이지 않는 그 무언가를."

허튼 박사가 중얼거렸다. 화성의 비밀을 덮기 위해 일부러 꾸몄던 실패들 말고도, 인류의 화성 탐사엔 까닭 모를 실패들이 숱하게 많았던 것이다. 단순한 계산 착오나 기술 부족으로 보기엔 뭔가 미심쩍은 그 실패들의 원인은 대체 뭐였을까?

"얼마 전 〈스피릿〉이 일으킨 소동도 이상

올림푸스 산과 마리네리스 계곡
올림푸스 화산은 높이 2만 7천 미터로 에베레스트 산의 세 배가 넘는 태양계 최대의 산. 마리네리스 계곡은 화성 적도를 동서로 가로지르는 4천500킬로미터 길이의 계곡이다. 이 웅장한 산과 계곡은 1971년에 사상 최초로 화성 주위를 돌기 시작한 미국의 〈마리너 9호〉가 보낸 사진을 통해 처음 알려졌으며, '마리네리스'라는 명칭도 우주선의 이름을 따서 만들어졌다.

하긴 마찬가지였지."

허튼 박사의 뇌리에 그날의 기억이 생생하게 떠오르기 시작했다.

"국장님, 이상합니다."

고단 박사가 부스스한 얼굴로 허튼 박사에게 다가왔다.

"뭐가?"

"〈스피릿〉이 앙탈을 부립니다."

대체 무슨 황당한 소리야? 입력한 프로그램대로 움직이는 로봇이 앙탈을 부리다니.

"이동 명령을 내려도 듣지를 않습니다. 땅에 뿌리를 내린 것처럼 움직이질 않아요."

"혹시 제 위치를 잘못 파악하고 있는 거 아닌가? 태양의 좌표를 확인시켜. 그래야 자기가 어디에 있는지를 알지."

"제가 바봅니까? 당연히 그렇게 지시했습니다만……."

"그런데?"

"태양을 찾을 수 없다고 응답합니다. 분명히 해가 중천에 떠 있는데. 눈까지 멀었나 봅니다."

끄응! 허튼 박사가 신음을 내뱉으며 일어섰다. 그러고는 고단 박사를 거칠게 밀어붙이고 직접 명령을 입력했다.

─〈스피릿〉! 즉시 태양의 좌표를 확인해 보고하라!

잠시 후, 〈스피릿〉이 명령에 따라 자료를 보내왔다.

"젠장! 이런 일까지 국장이 해야 돼?"

꿍얼거리며 좌표를 확인하던 허튼 박사는 놀란 나머지 그만 의자에 털썩 주저앉고 말았다.

〈스피릿〉이 보내 온 좌표! 그건 태양의 실제 위치와는 전혀 다른 엉터리 숫자들이었던 것이다.

이상한 일들은 잇달아 일어났다. 그중 하나는 2009년 1월 25일의 활동 내용이 저장되지 않고 깡그리 사라진 것이었다. 전원을 꺼도 작동하게 되어 있는 기억 장치인데 하루치가 통째로 비어 버린 것이다.

"혹시 기억 상실증에 걸린 거 아닐까요?"

고단 박사의 이야기를 듣는 허튼 박사의 몸과 마음이 심하게 고단해졌다.

며칠 후, 〈스피릿〉은 다시 멀쩡해졌다. 나사에선 쉬쉬했지만 소문은 빠른 속도로 퍼졌고, 몇몇 신문은 '스피릿, 사춘기의 반항심을 드러내다!' 라는 우스꽝스러운 보도를 하기도 했다.

"답답하군. 대체 뭘까? 머릿속에 꽉 차 있는 이 뿌연 느낌은."

〈마스 패스파인더〉를 아레스 계곡에 착륙시켰을 땐 기대가 컸었는데. 분명히 뭔가 응답이 있으리라는……. 하지만 그 기대는 보기 좋게 빗나가 버리고 말았지.

〈스피릿〉 소동

〈스피릿〉의 이상한 행동들은 모두 2009년 1월에 실제로 있었던 일이다. 이동 명령을 따르지 않고, 멀쩡히 떠 있는 태양을 없다고 인식했고, 태양 위치를 엉터리로 파악하기도 했다. 세계적인 학술지 「사이언스」 온라인 판은 그걸 '사춘기의 반항심' 이라고 표현했다. 하루치 활동이 기억 장치에 저장되지 않은 데 대해 나사의 한 과학자는 '기억 상실증' 이라는 표현을 쓰기도 했다.

화성에 문명이 존재한다는 내 오랜 믿음이 잘못된 걸까? 그럴 리 없어. 점토판이 새삼 확인시켜 줬잖아. '왕의 얼굴'은 사이도니아의 얼굴이 분명해. 그뿐만이 아니지. 올림푸스의 전파는 지금도 화성 어딘가에 외계 생명체들이 도사리고 있다는 확실한 증거야.

그런데 왜 아무 일도 없는 거지?

혹시 화성인들이 이미 지구에 와 있는 건 아닐까? 투구를 찾아낸 고 박사가 그들을 불러들인 게 아닐까? 어느 날 갑자기 그들의 우주선이나 비행접시가 지구의 하늘을 새까맣게 뒤덮는 건 아닐까?

"쯧! 이런 쓸데없는 생각을 하다니."

허튼 박사가 강하게 도리질을 하며 머릿속의 생각들을 밀어냈다.

그런 일이 일어나서는 안 되지! 난 허튼이야. 화성의 문명이나 생명체의 비밀은 기필코 내 손으로 캐고 말 거야. 만약 화성인들이 지구에 나타난다면, 악수 따윈 없어. 오직 전쟁만이 있을 뿐이지. 그거야말로 영웅 탄생의 지름길이니까. 누구도 내 야망을 가로챌 순 없어. 흐흐흐.

허튼 박사가 섬뜩한 눈길로 모니터 속의 사진을 들여다보았다.

〈스피릿〉이 찍은 화성 표면의 모래 회오리 사진이 화면에 떠 있었다. 하얀 모래가 팔 벌린 유령을 닮았다고 해서 한동안 화제가 되었던 이상한 사진이었다.

주인을 잃은 투구들

"뇌파 신호가 끊어진 건 언제부터지?"

스라모트가 물었다. 모진 고생 속에서도 1만 년이 넘게 이어지던 신호가 언제부터, 왜 끊어졌던 걸까?

"조금씩 달라요. 3천 년 전부터 띄엄띄엄 끊겼거든요. 제일 마지막까지 이어진 건 베링 해협을 건너간 투구였지만 1천 년 전에 그것마저 끊겨 버렸죠."

"귀찮아서 투구를 내다 버린 거 아냐?"

말숙이가 불쑥 끼어들자 노빈손이 가만히 한숨을 내쉬었다. 아유! 확 내다 버릴까 보다.

하르모니아가 빙그레 웃으며 다시 이야기를 시작했다.

……쎄라는 기다려도 아무도 오지 않을 거 같다고 했어요. 나 역시 동감이었죠. 고민 끝에 나는 그동안 계속되던 전파 발신을 중단시켰어요.

대신 내가 지구를 직접 방문하기로 했어요. 후손을 못 찾는다면 투구라도 찾아야 했어요. 그게 없으면 얼음 속 형제들을 깨울 수 없으니까요. 지구로 옮겨 가는 계획이 실현될지는 불확실했지만, 그렇다고 영원히 잠재울 수도 없잖아요?

지구로 접근하자, 우주선 컴퓨터가 네 개의 투구가 있는 곳을 찾아냈어요. 투구의 안테나 끝에 박혀 있는 붉은 돌 '에노츠'의 자성 덕분이었죠. 그건 우리의 달 데이모스에서 캐낸 독특한 광물이에요. 뇌파 신호가 없더라도 가까운 곳에선 에노츠를 통해 투구의 위치를 알아낼 수 있지요.

이상한 건 한 개의 행방이 확인되지 않는다는 거였어요. 제일 늦게까지 교신되던 아메리카 대륙의 투구가 온데간데없이 사라진 거예요. 아마 투구 끝의 에노츠가 빠져 버린 모양이에요.

엎친 데 덮친 격으로, 녹색 종족의 추격마저 시작됐어요. 그들의 달 포보스에 있는 정찰 카메라가 내 우주선을 발견한 거죠. 아까 그 녹색인이 바로 날 쫓아온 정찰대장이에요.

"왜 쫓아온 거지?"

은별이 물었다.

"투구를 빼앗기 위해서죠. 그게 있어야 쎄라가 있는 화산 밑 기지에 들어갈 수 있고, 붉은 종족의 생명공학 기술을 훔칠 수 있으니까요."

"그냥 공격해서 기지를 파괴할 수도 있잖아?"

"그럼 쎄라는 모든 자료와 정보들을 스스로 없애버릴 거예요. 그들도 그걸 알기 때문에 함부로 공격하지 않는 거고요."

"엄청 복잡하구먼. 완전 만화라니까."

말숙이가 또다시 꿍얼거렸다.

……지난 6년 동안 나는 투구가 있는 장소들을 차례로 찾아다녔어요. 우주선을 타고 다닐 수 없기 때문에 걷거나 다른 탈것들을 이용해야 했죠. 목적지 근처까지 간 다음엔 이 목걸이 컴퓨터로 에노츠를 추적했어요. 맨 처음 찾아간 곳은 착륙 지점에서 가까운 이집트의 바닷가였지요.

하지만 한 개도 회수할 수 없었어요. 투구가 탐지된 곳이 바다 밑, 깊은 땅속, 그리고 큰 강 하구의 뻘이었거든요. 결국 위치만 확인한 채 번번이 발길을 돌려야 했죠.

〈마스 96〉의 추락

나사가 〈마스 패스파인더〉를 발사했던·1996년에 러시아도 〈마스 96〉이라는 화성 탐사선을 보냈다. 〈포보스 1, 2호〉의 실종 이후 8년 만의 재도전! 궤도선 외에 토양분석용 착륙선도 2개나 실린 야심작이었지만 지구를 벗어나기도 전에 추락해 버렸다. 추락 장소로 예측되던 호주에선 한바탕 난리가 났지만 실제로 떨어진 곳은 인적 없는 칠레 앞바다였다. 불행 중 다행?

정찰대장은 끈덕지게 날 쫓아다니며 공격을 퍼부었어요. 내가 이미 투구를 찾아냈다고 생각한 거죠. 어제도 그래서 다쳤던 건데 빈손 덕분에 위기에서 벗어날 수 있었지요.

그렇게 해서 여기까지 오게 된 거예요. 그 사이 저는 지구 나이로 열아홉이 되었죠. 저 투구는 내가 지구에 와서 눈으로 직접 본 처음이자 마지막 투구랍니다. 다른 투구들이 왜 그런 곳에 파묻혀 있는지는 잘 모르겠어요.

"거 봐! 내다 버린 거 맞지?"

말숙이의 의기양양함에 은별이 곧바로 토를 달았다.

"내가 보기엔, 버린 게 아니라 잃어버린 거 같아."

"그걸 어떻게 알아?" 대드는 말숙이.

"4대 문명은 오랜 세월이 지나면서 차례차례 멸망했어. 투구 역시 그때 휩쓸려 사라졌을 가능성이 높아. 홍수에 떠내려갔을 수도 있고 침략자들에게 빼앗겼을 수도 있겠지."

"그럼 침략자들이 내다 버렸겠네, 뭐." 끈덕진 말숙이.

"그런데 저 투구는 어떻게 우리나라까지 온 걸까요?"

노빈손이 물었다. 투구 얘기를 듣는 동안

내내 머릿속을 떠돌던 의문이었다.

"중국에서 흘러오지 않았을까? 한국에서 제일 가까운 4대 문명 지역이니까."

"을지문덕 장군이 당나라 군사들한테서 빼앗은 다음에 버렸겠지."

한결 같은 말숙이.

"바보야! 을지문덕이 무찌른 건 당나라가 아니라 수나라야. 그리고 저건 버린 게 아냐. 돼지바위 밑에 있었잖아. 누가 일부러 묻어 놓은 거라고."

쩝! 그렇군. 말숙이가 마침내 꼬리를 내렸다.

"빈손 말이 옳아. 점토판 맨 끝에도 적혀 있잖아. 그건 붉은 종족 후손들 사이에 전해지는 약속이었던 거야. 부득이한 일이 벌어질 경우 그런 식으로 투구를 감춰 놓기로."

은별이 말했다. 다들 고개를 끄덕였지만 지금으로선 아무것도 알수 없었다. 누가, 언제, 왜 이곳에 돼지코를 새겨 놓고 투구를 묻어 놓았는지.

으음…… 신음과 함께 고 박사가 눈을 뜬 건 바로 그 순간이었다.

사라져 버린 고 박사의 6년

"아빠!"

"박사님! 정신이 드세요?"

은별과 스라모트가 동시에 부르짖으며 달려갔다. 잠시 어리둥절하던 고 박사의 흐릿한 눈에 이윽고 밝은 빛이 감돌기 시작했다. 그러고는 튀어나오는 외침!

"은별아!"

6년 만에 만난 아빠와 딸이 서로를 와락 부둥켜안았다. 은별이 눈물을 펑펑 쏟았고, 다른 사람들 역시 부지런히 눈가를 훔쳤다. 고 박사의 정신이 기적처럼 되돌아왔다고 다들 믿어 의심치 않았지만, 기적은 그리 쉽게 일어나는 게 아니었다.

"은별아, 자세한 얘긴 나중에 하자. 지금은 시간이 없다."

"네?"

"곧 8월이야. 화성인들이 지구로 들이닥칠 거라고. 그럼 어떻게 되는 줄 아니? 무서운 우주 전쟁이 일어나는 거야. 지구는 그날로 끝장이란 말야."

"아빠! 대체 지금 무슨 말씀을 하시는 거예요?"

"투구를 다오. 그걸로 화성인들이랑 교신을 해야 돼. 오지 말라고. 지구인들은 당신들을 환영하지 않을 거라고."

"아빠! 제발……."

"너, 허튼이 어떤 사람인 줄 아니? 나사 국장 따위로는 절대 만족하지 않아. 일부러라도 우주 전쟁을 벌여서 지구의 영웅이 되는 걸 꿈꾸는 위험한 인물이란 말야. 이미 정보기관과 국방부에도 몰래 내통하는 패거리들이 있어."

흑! 은별이 무너지듯 주저앉았다.

다들 알 수 있었다. 지금 눈앞에서 벌어진 일의 의미를. 고 박사의 기억은 6년 전 그날에서 멎어 있었던 것이다. 그에겐 지난 6년이 모두 화성의 최대접근을 눈앞에 둔 2003년 7월이었고, 그래서 일기도 거기에서 멎어 있었던 것이다.

붉은 종족들이 화성에서 겨울잠을 잔다면, 고 박사는 지구에서 긴 여름잠을 자고 있는 셈이었다.

그날 오후.

"이제야 알겠어요. 박사님이 왜 그토록 위험한 시도를 하셨는지."

노빈손이 말했다. 투구를 뒤집어쓴 채 고집을 부리던 고 박사는 조금 전에야 다시 잠이 들었다. 전기 자극을 못하게 하려고 스라모트가 아예 두꺼비집을 내려 버렸지만 고 박사는 그것조차도 깨닫지 못했다.

"아빠 두려웠던 거야. 화성인들이 온다는 걸 알았을 때 지구인들이 보일 반응이. 외계인과의 악수보다는 전쟁을 먼저 떠올리는 사람들이. 그런 사람이 과연 허튼 하나 뿐일까?"

찔끔! 노빈손이 슬그머니 고개를 숙였다. 자기 역시 '외계인'이니 '화성인'이니 하는 말을 들으면 우주 전쟁을 제일 먼저 떠올렸

절반만 기뻤던 유럽의 크리스마스

2003년 6월 유럽우주국(ESA)에서 쏘아 올린 〈마스 익스프레스〉는 그해 크리스마스에 화성 궤도 진입에 성공했다. 당연히 기쁨의 캐럴이 울려 퍼졌을 것 같지만 그렇지 않았다. 〈마스 익스프레스〉가 싣고 갔던 착륙선 〈비글 2호〉가 착륙 직후 통신이 끊겨 버렸기 때문. 유럽 사람들은 아마도 웃다가 울다가 하면서 변덕스럽게 성탄절을 보내지 않았을까?

으니까. 잔인한 외계인! 용감한 지구 방위대! 그리고 외계인들의 비참한 최후! 그리하여 지구엔 다시 평화가 찾아오고……

하지만 아니었다. 하르모니아는 '지구인들과 하나가 되는 것'이 조상들의 뜻이었다고 하지 않았던가. 그리고 후손들 역시 그 뜻을 좇아 위대한 우주 문명을 건설하지 않았던가. 위험한 건 화성인이 아니라 허튼과 그 일당들처럼 위험한 꿈을 꾸는 지구의 전쟁꾼들이었던 것이다.

로웰 역시 같은 이유 때문에 그토록 고민했겠지. 평생을 바쳐 화성을 연구했지만 사람들이 흥미로워한 건 문어 같은 외계인과의 전쟁일 뿐이었어. 메모를 남길 무렵엔 심지어 지구인들끼리도 치열한 세계대전을 벌이고 있었으니까.

그런 판국에 점토판을 섣불리 세상에 알리기는 쉽지 않았을 거야. 훗날 두 별이 평화롭게 만나길 소망하며 사진과 메모를 숨겨 두었던 그의 행동을 누가 비겁하다고 욕할 수 있을까?

"외계인을 친구로 생각하는 사람들이 더 많았다면 박사님이 저렇게 되진 않았을 텐데……"

평화를 위해 고독하게 몸부림치다가 기억마저 잃어버린 고 박사를 보며, 노빈손은 왠지 그에게 빚을 진 것 같은 생각이 들었다.

"이제 어떻게 할 거야?"

은별이 하르모니아에게 물었다.

"돌아가야죠."

"하지만, 형제들을 깨워도 지구로 오기는 어려울 텐데."

그럴 것이다. 후손들이 지구에서 번영을 누리고 있으리라는 기대는 일찌감치 깨졌으니까. 지구에서 찾아낸 건 주인 없는 빈 투구 하나에 불과하니까. 설령 지구로 온다 해도 그들이 발붙이고 살 땅은 어디에도 없을 테고, 어쩌면 허튼 같은 사람들 때문에 원치 않는 충돌이 생길지도 모른다.

"그래도 가야 해요. 설령 화성에서 모두 함께 최후의 날을 맞더라도. 거긴 내 고향이고 그들은 내 형제니까요."

붉은 행성의 공주다운 야무진 말이었다. 할 말을 찾지 못하고 묵묵히 허공만 바라보는 사람들의 표정에 짙은 안타까움이 스쳐 갔다.

노빈손의 머리에 엄청난 생각 하나가 스쳐 간 건 바로 그 순간이었다.

그럴까? 말까?

딱 1.5초 동안의 망설임이 끝난 뒤, 노빈손이 바람처럼 자리에서 일어섰다. 그리고는 아주 씩씩하고 또렷하게 사람들에게 말했다.

"나도 가겠어!"

간다고? 설마 집에? 말숙이가 콧구멍을 벌름거리며 으르렁댔다.

"가긴 어딜 가?"

"화성으로!"

**〈스피릿〉,
우주 비행사들을 추모하다**
〈스피릿〉과 〈오퍼튜니티〉는 2004년 1월에 3주 간격으로 화성에 도착했으며, 착륙 때는 둘 다 낙하산과 에어백을 이용했다. 〈스피릿〉이 착륙한 '구세프 화구'는 운석 충돌로 인해 생긴 지름 150킬로미터의 넓은 분지. 착륙 지점엔 미국 우주왕복선 〈컬럼비아 호〉의 폭발 사고(2003) 때 숨진 우주 비행사들을 추모하는 뜻에서 '컬럼비아 메모리얼 스테이션'이라는 이름이 붙었다.

뜨악! 말숙이가 두 눈을 퉁방울처럼 부릅떴다. 지금껏 노빈손으로 부터 들었던 온갖 황당하고 썰렁한 얘기들을 깡그리 압도하는 최악의 농담!

하지만 농담이 아니었다.

가자! 화성으로

"너 지금 제정신이니? 대체 화성엘 왜 간다는 거야?"

말숙이가 노빈손의 어깨를 흔들며 고래고래 읊었다.

"아마존, 버뮤다, 남극 다 괜찮아. 조선시대, 고려시대 다 좋다 이 거야. 그래도 거긴 어쨌든 지구였잖아? 지구인이 지구에 뼈를 묻어야지 난데없이 화성엘 왜 가느냔 말야!"

"세 가지 이유가 있어. 첫째는……."

노빈손이 미리 준비해 둔 대답을 웅변처럼 늘어놓기 시작했다.

"고 박사님께 죄송해서야. 같은 지구인으로서 당연히 책임이 있으니까. 둘째는 하르모니아를 돕기 위해서야. 혼자 가면 얼마나 쓸쓸하겠어? 게다가 녹색 종족의 방해까지 물리쳐야 하는데."

열변을 토하는 노빈손! 은별과 스라모트

〈오퍼튜니티〉의 우주 홀인원
〈오퍼튜니티〉가 착륙한 '메리디아니 평원'은 마리네리스 계곡의 동쪽 끝. 그런데 착륙 지점이 작은 화구 속이라는 게 지구로 보내온 첫 영상을 통해 밝혀졌다. 〈오퍼튜니티〉를 감싸고 있던 에어백이 퉁퉁 튀다가 마지막에 멈춘 곳이 지름 20미터의 작은 구덩이였던 것. 6개월 반 동안 무려 4억 5천만 킬로미터를 날아간 끝에 이룬 우주의 홀인원(골프공을 한 번에 구멍 속에 넣는 것)이었다.

의 얼굴에 잔잔한 미소가 떠올랐다.

"마지막으로, 난 우주인이니까 우주 평화에 기여해야 해."

"우주인이라니?"

"서울 사람 부산 사람이 다 한국인이듯, 한국인 미국인이 다 지구인이듯, 지구인도 화성인도 다 같은 우주인이잖아? 4대 문명이 우주 문명인 것처럼."

"그, 그래서?"

"이웃 행성이 어려움을 겪고 있는데 어떻게 나 몰라라 할 수 있어? 넓고 넓은 우주에서 같은 태양계에 살게 된 것도 인연인데, 당

연히 발 벗고 나서야지."

으으! 말이나 못하면……. 말숙이가 울상을 지으며 사람들을 쳐다보았다. 저 입만 살아서 나불대는 녀석을 제발 좀 말려 달라는 듯이. 그 기대를 제일 먼저 배신한 건 스라모트였다.

"빈손! 정말 멋지군. 나도 완전 동감일세."

헉! 기겁하는 말숙이에게 은별이 결정타를 날렸다.

"나도."

맙소사!

말숙이가 넋을 잃고 철퍼덕 주저앉았다. 옆에서는 하르모니아가 '이웃 사람들'의 뜻밖의 대화를 놀란 얼굴로 듣고 있었다.

그날 저녁.

노빈손 일행이 방 안에 동그랗게 둘러앉았다. 잠에서 깬 레옹 형제도 함께였다. 모임의 제목은 '제2차 우주 회의'! 레옹 형제의 눈빛이 모처럼 초롱초롱했다.

"잘 들으시오. 말죽거리에 녹색 괴물들이 떼로 나타났다는 정보가 들어왔소. 고 박사도 그들과 한패요. 나는 지금 즉시 그리로 출동해야 하오."

"말죽……? 거기가 어딘데요?"

"옛날 조선의 장군들이 말에게 죽 먹이던

<스피릿>이 발견한 물의 흔적
<스피릿>이 착륙한 구세프 화구는 먼 옛날 홍수에 의해 흘러온 퇴적물들로 메워져 있었다. 6월에 도착한 '컬럼비아 힐'의 언덕 기슭엔 물에 의해 침식 또는 용해된 암석들이 있었고, 깊은 물속에서 생겨나는 작고 둥근 적철석 알갱이들도 발견되었다. 그 알갱이들엔 '블루베리'라는 별명이 붙었으며, <오퍼튜니티> 역시 똑같은 알갱이들을 다른 곳에서 찾아냈다.

곳이오. 지금은 대한민국 국군의 비밀 기지가 있지. 그들은 거길 습격하려는 것 같소."

"못된 괴물들!" 하는 까말레옹.

"나쁜 고 박사!" 하는 힐레옹.

"스라모트와 은별은 고 박사를 설득하기 위해 나와 함께 갈 거요. 하지만 우주 괴수 마르슉은 편찮으신 위워 할배와 함께 여기 남기로 했소. 그대들은……."

노빈손이 목소리를 낮추며 비밀스럽게 말했다.

"여기서 두 분을 도와주시오. 괴물들이 들이닥칠지도 모르니까."

"넵!"

그까짓 느림보 괴물쯤이야! 요번에는 아예 귓가에서 꽹과리를 두들겨 주마……. 레옹 형제의 얼굴에 자신감이 넘쳐흘렀다. 정찰대장은 하르모니아를 추적할 것이므로 여기엔 다시 나타날 이유가 없지만 어리숙한 쌍둥이 형제가 그걸 알 리 없었다.

"허튼 박사에겐 고 박사의 위치만 간단히 알려주시오. 그들이 다른 곳으로 이동하면 마르슉이 즉시 알려줄 거요. 부디 우주 괴수의 지시를 잘 따르시오. 괜히 성질 건드리지 말고. 특히 새까만 당신!"

"으읍! 여부가 있겠습니까!"

까말레옹의 목소리가 슬그머니 기어 들어

〈오퍼튜니티〉가 발견한 물의 흔적들

〈오퍼튜니티〉는 로봇팔의 장비를 이용해 착륙지 근처의 암석 성분을 분석했다. 그 결과 광물이 물에 녹을 때 생기는 홈들이 표면에 파여 있음을 발견했고, 물이 있어야만 생겨나는 황산염 광물들이 포함되어 있다는 것도 확인했다. 또한 근처의 '인듀어런스 화구'에서도 황산염이 풍부한 지층을 발견함으로써, 화성의 물이 아주 넓은 영역에 걸쳐 퇴적층을 만들어냈음을 입증했다.

갔다. 노빈손의 얼굴에 장난꾸러기 같은 웃음이 슬쩍 피어올랐다.

으흐흐. 허튼! 어디 골탕 한번 제대로 먹어 보라지.

"쌍둥이! 지금 즉시 나가서 너희들 돈으로 간식거리를 듬뿍 사 온다. 실시!"

말숙이의 말이 떨어지기 무섭게 레옹 형제가 후다닥 달려나갔다. 그러자 말숙이가 퉁퉁 부은 얼굴로 넋두리를 늘어놓기 시작했다.

"흑! 정말 너무해. 나만 버려 두고 가 버리다니."

"버리긴! 너에겐 아주 중요한 역할이 있잖아. 고 박사님을 보살펴 드려야지."

"그래. 말숙이가 없다면 나도 아빠를 두고 떠날 수 없을 거야."

"훌쩍! 오빠도 그렇게 생각해요?"

"아무렴! 비실비실한 빈손보다야 숙이가 훨씬 믿음직스럽지."

어머머!

숙! 그런 낭만적인 이름으로 불러 주다니.

말숙이의 얼굴이 밥 먹은 뒤처럼 행복해졌다.

그날 밤.

세 사람은 하르모니아와 함께 그곳을 떠났다. 스라모트는 미국의 동료들에게 전화

작은 로봇, 큰 성과

〈스피릿〉과 〈오퍼튜니티〉의 착륙 지점은 화성의 정반대편에 위치해 있다. 두 탐사로봇이 모두 물의 흔적을 발견했다는 건 옛날에 화성 전체가 물이 흐를 만큼 따뜻하고 기압도 높았다는 걸 보여 준다. 또 작은 하천이 아닌 큰 호수나 늪 또는 바다가 있었을 가능성도 아주 높아졌다. 작은 탐사로봇들이 이뤘다고 믿기 힘들 만큼 엄청난 성과들이다.

를 걸어 세 벌의 우주복을 마련해 달라고 부탁해 두었다. 이집트의 공항에 일행이 도착할 즈음, 그 물건들도 때맞춰 그곳에 도착할 것이었다.

깍듯이 경례를 붙이는 레옹 형제 옆에서 말숙이가 걱정스레 손을 흔들었다. 고 박사는 레옹 형제가 사 온 산더미 같은 음식 더미 옆에서 세상 모르고 잠들어 있었다.

드디어 가는구나! 머나먼 화성으로.

노빈손이 가만히 눈을 들어 밤하늘을 올려다보았다.

별들 틈에서 붉은빛 하나가 조용히 깜박거렸다.

✉ **까말** ⟫⟫ 고민중을 찾았음. 화성인들과 함께임.

현재 위치는 서울 말죽거리.

허튼⟫⟫ 설마 했더니 역시……. 수고했다. 곧 그리로 가겠다.

〈2권에서 계속〉

화성대백과 ❹ 가까워진다! '충'과 대접근

태양 주위를 도는 동안 지구와 화성의 거리는 계속해서 달라진다. 만났다가 헤어지고 가까워졌다가 멀어지는 과정에서 두 행성 사이엔 재미있는 일들이 종종 벌어지게 된다. 이웃끼리 벌이는 흥미로운 우주 쇼를 잠깐 구경해 보자.

2년 2개월에 한 번씩 나란히 간다! '충'

길을 걷다 보면 따로따로 가던 사람들이 마치 동행인 것처럼 나란히 걷게 될 때가 있다. 행성들도 마찬가지. 제각기 공전하던 지구와 화성이 어느 순간 연인처럼 어깨를 나란히 할 때가 있는데, 이런 때를 가리켜 '충(衝)'이라 한다.

충이 되면 태양 ─ 지구 ─ 화성이 일직선 위에 놓인다. 그리고 두 행성의 거리는 다른 때보다 훨씬 가까워진다. 지구에서 화성을 관측하기 제일 좋은 때가 바로 이 무렵이다.

반대로, 화성이 태양 뒤로 숨어서 지구 ─ 태양 ─ 화성이 일직선 위에 놓이는 것을 '합(合)'이라 한다. 이때는 태양에 가려지는 데다 거리도 멀어서 화성을 제대로 관측하기 어렵다.

지구와 화성의 충은 2년 2개월에 한 번씩 일어나며 합 역시 같은 간

격으로 발생한다. 그 간격을 '회합 주기'라고 부른다. 즉, 지구와 화성의 회합 주기는 2년 2개월(780일)이다.

15~17년에 한 번씩 바짝 다가선다! '대접근'

만일 지구와 화성의 공전 궤도가 깔끔한 원이라면 충일 때의 거리는 매번 똑같을 것이다. 하지만 화성 공전 궤도는 길쭉한 타원형이며 지구 공전 궤도 역시 완벽한 원은 아니다. 그러므로 충이 되더라도 두 행성의 거리는 궤도상의 위치에 따라 확연히 달라진다.

백문이 불여일견! 백 번 듣는 것보다 한 번 보는 게 낫다. 다음은 21세기에 일어난 몇 번의 충을 그림으로 나타낸 것이다.

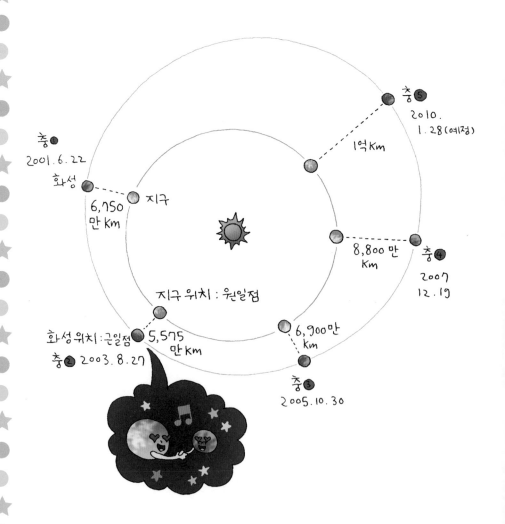

❷에서 지구 − 화성의 거리는 ❺의 절반밖에 안 된다. 이때 지구의 위치는 공전 중에 태양으로부터 제일 멀어지는 '원일점'이고, 화성의 위치는 태양에 제일 가까워지는 '근일점'이다. 당연히 두 궤도 사이의 간격이 제일 좁아진다. 바로 이 지점에서 충이 일어날 때 두 행성은 가장 가까이 접근하며, 그걸 가리켜 '대접근'이라 부른다.

대접근은 15~17년에 한 번 꼴로 일어난다. 20세기엔 1909년, 1924년, 1939년, 1956년, 1971년, 1988년에 대접근이 일어났다. 그리고 21세기엔 2003년 8월에 첫 번째 대접근이 일어났다.

대접근 때 화성의 밝기는 −2.9등성이 되며, 별들 중에서 제일 밝은 시리우스(−1.5등급)보다 3배 이상 밝게 보인다. 그리고 크기도 평소보다 3배가량 커 보인다. 평소의 충이 서로 눈웃음을 나눌 정도의 거리라면 대접근은 손을 맞잡을 정도의 거리인 셈이다.

수줍어서 뒷걸음질 친다! '역행'

충이나 대접근 때 지구에서 화성을 관찰하면 아주 신기한 현상이 발견된다. 매일 조금씩 서쪽에서 동쪽으로 이동하던 화성이 느닷없이 반대 방향으로 움직이는, 앞에서 잠깐 이야기했던 '역행' 현상이다. 혹시 지구와의 만남을 수줍어하는 화성의 뒷걸음질?

다시 한 번 백문이 불여일견! 이럴 때는 글보다 그림이 훨씬 이해가 쉽다.

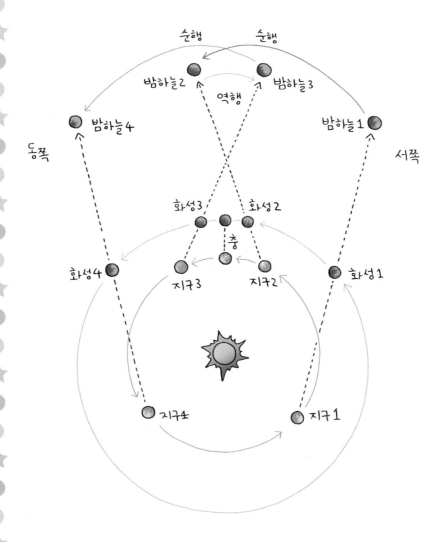

순행 순행

밤하늘2 역행 밤하늘3

밤하늘4 밤하늘1

동쪽 서쪽

화성3 화성2

충

화성4 지구3 지구2 화성1

지구4 지구1

1) 지구가 '지구1' 위치에 있을 때 화성도 '화성1' 위치에 있다. 지구가 2, 3, 4 위치에 있을 때 화성 역시 2, 3, 4에 위치한다.

2) '지구1'에서 본 '화성1'이 지구의 밤하늘에 '밤하늘1'로 나타난다.

3) 지구가 1에서 2로 가는 동안 화성도 1에서 2로 가고, 밤하늘에 보이는 화성도 당연히 1에서 2로 움직인다. 모두 다 서쪽→동쪽, 즉 시계 반대 방향이다.

4) 자! 드디어 지금부터 이상한 일이 벌어진다.

지구가 2에서 3으로 가는 동안 화성 역시 2에서 3으로 갔다. 여전히 시계 반대 방향! 그런데 밤하늘3은? 시계 방향으로 뒷걸음질 쳐서 밤하늘2보다 오히려 더 서쪽에 있지 않은가?

실제로는 화성이 뒷걸음질을 치지 않았는데 왜 밤하늘의 화성은 거꾸로 간 것처럼 보일까? 두 행성의 공전 속도 차이에 비밀이 숨어 있다.

'지구1'은 '화성1'보다 훨씬 뒤에서 출발했다. 하지만 안쪽에서 더 빠르게 돌기 때문에 점점 화성을 따라잡고, 2에서 3으로 가는 도중에 화성을 앞지르게 된다. 그 과정에서 화성을 보는 관찰 각도가 바뀌게 되고, 그래서 '밤하늘3'이 거꾸로 간 것처럼 보이게 되는 것이다.

하지만 화성을 완전히 앞지르고 나면 그런 현상은 사라지고 밤하늘의 화성은 다시 평소처럼 시계 반대 방향으로 이동하게 된다. 그걸 '순행'이라고 한다.

지구가 화성을 따라잡는 중간에 '충'이 일어난다. 즉, 화성의 역행은 충 무렵에만 볼 수 있으며 역행 기간은 두 달 정도다. 가뜩이나 크고 붉어지는 시기에 수상쩍은 뒷걸음질까지 쳐 대니, 옛사람들이 화성을 꺼림칙하게 여긴 것도 무리가 아닌 셈이다.

2003년! 6만 년 만의 '최대접근'

평범한 충과 대접근의 차이만큼은 아니지만, 대접근 때의 지구 — 화성 거리 역시 100퍼센트 똑같지는 않다. 지난 2003년 8월 대접근 때 지구와 화성의 거리는 5천575만 8천 킬로미터. 두 행성이 그렇게 가까워진 건 무려 5만 9천620년 만의 일이라고 한다.

약 6만 년 만에 찾아온 대접근 중의 대접근! 사람들은 거기에 '최대접근'이라는 멋진 이름을 붙였다. 두 행성이 마침내 사랑을 속삭일 수 있을 만큼 가까워지는 최대접근을 종종 구경하면 좋겠지만, 아쉽게도 그건 불가능하다. 두 행성이 다시 그만큼 가까워지는 건 서기 2287년에야 가능하니까.